万湖冷暖话明州

王云 著

暨南大学出版社
JINAN UNIVERSITY PRESS

中国·广州

Minnesota

图书在版编目（CIP）数据

万湖冷暖话明州/王云著．—广州：暨南大学出版社，2019.10
ISBN 978 - 7 - 5668 - 2750 - 0

Ⅰ.①万…　Ⅱ.①王…　Ⅲ.①散文集—中国—当代
Ⅳ.①I267

中国版本图书馆 CIP 数据核字（2019）第 224912 号

万湖冷暖话明州
WANHU LENGNUAN HUA MINGZHOU
著　者：王　云
· ·

出 版 人：徐义雄
责任编辑：潘江曼
责任校对：冯月盈
责任印制：汤慧君　周一丹

出版发行：暨南大学出版社（510630）
电　　话：总编室（8620）85221601
　　　　　营销部（8620）85225284　85228291　85228292（邮购）
传　　真：（8620）85221583（办公室）　85223774（营销部）
网　　址：http://www.jnupress.com
排　　版：广州良弓广告有限公司
印　　刷：广州市穗彩印务有限公司
开　　本：850mm×1168mm　1/32
印　　张：6.75
字　　数：158 千
版　　次：2019 年 10 月第 1 版
印　　次：2019 年 10 月第 1 次
定　　价：36.00 元

（暨大版图书如有印装质量问题，请与出版社总编室联系调换）

序　言

在前往明尼苏达州工作交流之前，这个位于美国北部湖区的北疆之州对我而言只是地图上的一个点。尽管多年来所授课程以西方文化概论和英美概况为主，但我对美国的了解仅局限于美国历史、地理、政治、经济、教育等领域的一般性知识。除了对东部沿海标志性的大城市如纽约、波士顿、费城和华盛顿特区，还有西岸亚裔和拉美裔移民聚集的洛杉矶和旧金山等有所了解之外，我对其他内陆各州了解不多。2017年，我受学校委派到明尼苏达州阿诺卡·拉姆西社区学院任教一年。当从洛杉矶转机前往明尼苏达州时，飞机上几乎全是白人乘客的场景让我感到震撼，在到达明尼苏达州的明尼阿波利斯—圣保罗国际机场后，我看到了同样的景象。这种景象和交融着不同肤色、不同面孔的洛杉矶、旧金山，以及涌动着各种族人群的纽约、华盛顿等东、西两岸城市街头形成了鲜明对比，这"白色"的第一印象也让我对明尼苏达州充满了好奇和期待。明尼苏达州有着怎样的历史，作为美国这个移民大国的一部分，这个州的移民历程有什么特点，华人在明尼苏达州的生存状况怎样？

明尼苏达州（Minnesota，简写为 MN）位于美国中西部的北部，是中部大平原的一部分。北接加拿大的曼尼托巴省和安大略省，东临苏必利尔湖、威斯康星州，南接艾奥瓦州，西邻南达科他州和北达科他州。美国大陆的极北点（49.23°N）就在该州，因此明尼苏达州的别称为"北星之州"。明尼苏达州由于自身特点还有其他各种绰号，如"面包黄油州"——盛产小麦和奶制品，"金花鼠之州"——遍布各地的金花鼠，"万湖之州"——州内湖泊多达 11 842 个，"高尔夫之州"——高尔夫球场多达 450 个，为全美之最，"冰球之州"——极其爱好冰球运动，"西部新英格兰州"——很多美国东部新英格兰人在 19 世纪西进运动时迁居此地。当然，最常见、也最为人所知的绰号是"北星之州"。

1858 年，明尼苏达州以西北地区领地的身份加入美国联邦，成为美国第 32 个州。相比中西部各州，明尼苏达州的经济比较发达，世界五百强企业中有二十多家的总部设在该州。明尼苏达州文化底蕴深厚，拥有全美最顶尖的交响乐团和剧院，交响乐和舞台剧的水平可以比肩纽约的百老汇和洛杉矶的好莱坞。明尼苏达州的最大城市——明尼阿波利斯市（Minneapolis）是美国各种文化的流行地和聚集地之一，无论是街头文化、传统文化还是外来文化在这里都有自己的天地，被认为是美国"最有文化的城市之一"，其人均戏院座位、影院座位以及公共图书馆数量等文化指数都在美国名列前茅。

明尼苏达州还是全美幸福感最强的 10 个州之一。美国个人理财网站 WalletHub 榜单（2017）综合了各州民众经济状况、参与体育活动、工作满意度、通勤时间、预期寿命、离婚社交和心理健康指数等 28 个关键因素，全面衡量后对全美 50 个州进行了排名。明尼苏达州以 70.81 的综合分数荣获"全美最幸福州"称号。在全美最宜居城市的排名中，明尼阿波利斯位列第 4 名。

明尼苏达州在经济、文化、教育和医疗等领域的非凡成就使它成为中西部地区的佼佼者，但其偏北的地理位置、漫长的冬季和较小的人口规模（2017 年 560 万人），使得明尼苏达州无论是在美国国内还是国际上都没有很高的知名度。明尼苏达州的历史和发展与美国东、西两岸各州不同，因而也就造就了明尼苏达州今与昔的各族移民与东、西两岸各州有所不同。了解明尼苏达州的历史有助于了解美国中西部地区的基本面貌，以及美国作为一个超级大国和移民大国的复杂性、多样性以及多元文化的差异性，这也是我写作本书的初衷。

虽然一年的工作经历不足以让我对这片土地有非常全面的了解和深刻的认识，但通过参观、走访、感受、大量阅读和思考，我希望能给读者呈现这个北疆之州的部分面貌，使更多的人对以明尼苏达州为代表的美国中西部地区有进一步了解和认识。

王 云

2019 年 1 月 16 日

目 录

序 言　/ 001

上篇　明尼苏达州随想　/ 001

初到明尼苏达州　/ 002

阿诺卡·拉姆西社区学院　/ 005

明尼苏达州的教育　/ 011

明尼苏达州的"江湖"　/ 016

走马观花双子城　/ 019

游览美国最大的购物中心——Mall of America　/ 024

相约明尼苏达州博览会　/ 027

穿越之旅——体验明州文艺复兴节　/ 031

专属我的聚会——感受美式大 party　/ 033

明尼苏达州博物馆之旅　/ 036

明尼苏达州,艺术家的摇篮　/ 042

别开生面的植树节　/ 046

Goodwill——美国慈善旧货连锁店　/ 048

金秋时节明州小镇探幽　/ 052

走访老年公寓,了解美国人的养老生活　/ 055

感恩节——美国人的"中秋节"　　/ 059

美国人的亲情观　　/ 063

堪比中国"春晚"的美国"超级碗"　　/ 067

明州参议员 Jerry Newton 的多彩人生　　/ 074

与 Jew 教授畅谈明州经济　　/ 079

体验明州的四月暴风雪　　/ 085

相逢苏必利尔湖——明州北部明珠德卢斯之旅　　/ 088

"优秀学生"颁奖典礼之夜——我给美国学生颁奖　　/ 093

残疾学生的福音——来自政府和学校的人文关怀　　/ 095

美国高校中的抑郁症现状　　/ 097

梅奥诊所——明尼苏达州的名片　　/ 100

明尼苏达州名人录　　/ 103

下篇　明尼苏达州的今与昔　　/ 109

明尼苏达州的"前世"与"今生"　　/ 110

明尼苏达州的人口构成和移民历程　　/ 133

明尼苏达州主要族群的移民之路　　/ 141

明尼苏达州华人的移民之路　　/ 181

明尼苏达州少数族裔的困境　　/ 194

参考文献　　/ 204

后　记　　/207

上篇
明尼苏达州随想

初到明尼苏达州

历经十几个小时的飞行，当我踏入美国北疆之州明尼苏达的双城机场，满眼的白人在我身边穿行的时候，一切都是那么不真实。先生在机场送行的一幕还历历在目，多年的教学管理、各种评估、人像机器一样高速运转的忙碌，失眠的痛苦……在心中翻腾着、搅动着，随着飞机的着落，各种情形模糊了，渐行渐远。

我将在明尼苏达州阿诺卡·拉姆西社区学院工作一年，未知的一切既令人忐忑，又令人憧憬。

清晨 5 点，这里的黎明静悄悄，顺着清晰的指示牌，旅客们无声地走向取行李处。前来接我的是有过一面之交的 Richard Pieper，一位满头银发、慈眉善目的老者。退休在家的 Richard 是阿诺卡·拉姆西社区学院化学系 Patty Pieper 教授的先生，有一年暑期他跟着太太来我校交流了一个月，给我的印象是，笑眯眯的极其友好，谈吐有着美国人特有的风趣幽默。

车在宽阔的公路上行驶，一路上绿树葱茏，绿草如茵，以白色为主的房屋掩映其间，天地之间的宽阔让一直生活在喧嚣中的我瞬时感到呼吸顺畅了许多，大自然对这里的馈赠让人既感慨又羡慕。Richard 热情地为我做各方面的介绍。

双城（Twin City）是明尼苏达州首府圣保罗（St. Paul）和最大城市明尼阿波利斯的简称，因两座城市紧邻被称为双城，或双子城。双城人口加起来只有 70 万左右，与周围 13 个县、188 个城镇组成双城都市圈，双城都会区人口大约有 360 万，占全州人口总数的近 60%，这样的比例让我颇感惊讶。

行驶约 40 分钟之后，我们来到我即将入住的阿诺卡·拉姆西社区学院附近的 Robinwood 公寓。Robinwood 公寓有三栋，每栋各有三层楼。学校给我们这些交流学者租的是一个套间，带有卧室、客厅、厨房、卫生间和大阳台。两校合作已近 20 年，我校每年来访学工作的老师都住在这里，屋内设施略显陈旧，但还算干净整洁。

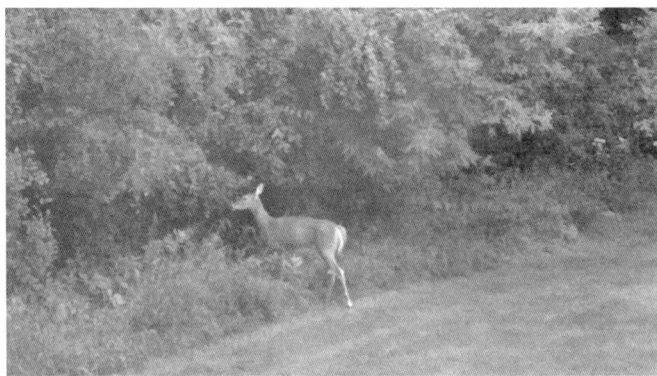

迎接我的小鹿

我打量着周围的一切，无意间发现卧室的窗外有一片小树林，正当我从卧室窗户往外观望时，发现小树林里突然跳出三只小鹿！它们悠闲地、肆无忌惮地在院子里吃草、踱步。对第一天来到这里的我，对只能在动物园看到野生动物的中国人来说，这个惊喜实在是太意外了。友好的小鹿第一时间以这种方式来欢迎我，我感觉到十分欢喜和感恩。

公寓对面是成片的绿树环绕中的独立屋居民区，一眼望不到尽头。站在阳台看草地上的松鼠上蹿下跳、悠闲自在，如此安静、平和、美丽、梦幻般的自然环境对处于快速建设中的中国来说显得有些不真实了。

"这是一个好的开始。我来对了！"我喃喃自语。

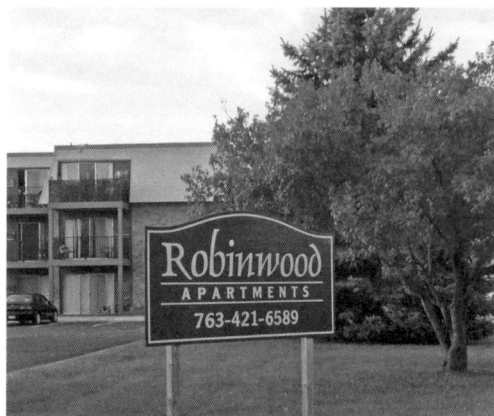

Robinwood **公寓**

阿诺卡·拉姆西社区学院

　　我的大部分时间是在大学里度过的。大学毕业后我就在大学教书，近年来一直负责教学管理工作，对国内高校比较熟悉，而对于欧美的大学，以前虽有过学术交流访学，但大多是走马观花，观感多流于表面。这次是要以一名阿诺卡·拉姆西社区学院（Anoka-Ramsey Community College，简称 ARCC）老师的身份进行教学工作，因此可以深入地体验和感受国外大学里的方方面面，了解最真实的美国高等教育。

　　从租住的 Robinwood 公寓到 ARCC 步行只需 8 分钟，穿过一条马路再走过学校巨大的停车场就到了。教法语与德语的 Rita Newton 女士兼职负责访学老师的接待与各项安排。63 岁的 Rita 是位气质优雅且安静的女士，声音极为平和、客气，我不由地猜想她年轻时一定是位漂亮、有魅力的姑娘。她带着我在楼上、楼下各部门办手续，还带着我在校园里徜徉漫步。

　　ARCC 是明尼苏达州 30 多所社区大学中的一所，位于阿诺卡县（Anoka）库恩·拉皮兹市（Coon Rapids），距离双城大约有 30 公里。学校的建筑是典型的一体式两层楼，弯弯曲曲但连在一起。在明尼苏达州，除了一些有悠久历史的老牌大学之外，很多学校（包括中小学）的建筑都不是一栋栋矗立各处的独立大楼，而是连为一体、功能齐全的两层楼，地下一层地上一层。这样建筑的好处就是在寒冷的冬季不用走到外面就可以去到学校所有的部门和教室。ARCC 建筑的外表看起来不太靓丽，但大楼里面却是分外舒适，楼内整体的地毯铺设减少了人们走路时带来的噪音，墙上的装饰挂画令人时而驻足观赏，走廊里的饮水机和沙发、长凳体现着学校对学生的人文关怀，一年四季开着的空调让人感受不到季节变化，在这里教师几乎每人一间办公室，对照中国国内的实际，这样的配备让我觉得是遥不可及的奢侈。

ARCC 的 Coon Rapids 校区

校内除了课室、教师办公室、会议室、书店、图书馆、技术部、考试中心和行政办公区之外，还有一个剧院（Performing Art Center）供戏剧系和音乐系的师生排练和演出，一个室内体育馆供学校篮球队训练和比赛，另外还有一所健身馆供师生全天候免费使用。校外有标准规格的足球场、排球场和网球场。而在我看来，学校最棒的地方当属二楼可就餐和学习的师生餐厅（Cafeteria），餐厅两面硕大的玻璃窗外就是密西西比河（Mississippi River），美丽风光一览无余。初闻此事我甚感震惊，这就是我在马克·吐温小说里读到过的密西西比河，这就是我给学生讲过无数遍但未曾谋面的密西西比河——世界第四大河，美国的母亲河，原来发源于明尼苏达州，就在我即将开始工作的这所学校前蜿蜒流过。得知这一事实时，我激动地跑出学校大门，伫立在密西西比河河边，久久凝望。但见几只野鸭在水面上闲荡，河面上偶尔会略过小游艇飞快地划过水面、飞向远方。几个学生悠闲地坐在岸边的草坪上。河的两岸，绿树丛中掩映着一栋栋优雅的居民小楼。

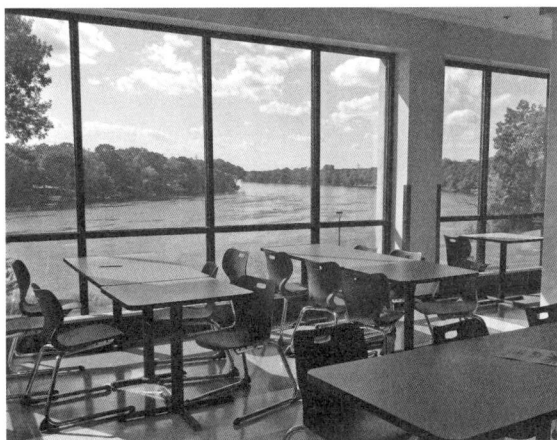

师生餐厅窗外的密西西比河风光

8月23日周三下午，学校举行了迎接新员工的欢迎会，欢迎会备有含咖啡、曲奇饼和蔬果的简餐，大家用一次性餐盘随意装取。这次欢迎会包括新老员工在内20多人出席，大家自愿参加。欢迎会安排在一间普通教室，没有主席台，大家围坐在桌前，每人介绍一下自己就行，仪式简单，校长说话随和。这样的氛围令人轻松。

ARCC有两个校区，库恩·拉皮兹（Coon Rapids）校区和剑桥（Cambridge）校区，共有500多名教职工，近万名学生，其中国际学生占学生总数的12%，分别来自伊朗、伊拉克、叙利亚、索马里、越南、爱尔兰、日本、中国等。学校教职工分为行政人员（administrators）和教师（faculty）。全职教师配备的是单间办公室，兼职教师就要两人共用一间办公室。我和Rita共用一间办公室，这样的情况并不多见。学校还有个不成文的规定，即自然科学系教师办公室的位置和面积要大于人文学科的老师，这样的做法与招生数量的多少有关，而非重理轻文。学院的学科设置以系为主，全院几十个系分成七大类分别由七名主任管理，每个系有一名负责人（chair）负责课程设置、课程规划等事物。我所在的世界语言系（world languages）规模较小，所提供的语言课程包括西班牙语、法语、德语、汉语和手语（sign language），包括我在内一共只有6名老师，其中只有教西班牙语的Dale Omundson是全职，同时也是负责人。每门外语都要提供语言课和文化入门课，文化课属于通识教育类课程。

在2017年度美国社区学院教学评估中，ARCC获得"全美社区学院十佳"的称号，这让初来乍到的我感受到一份荣耀和责任。随着自己教学的开展和对学院进一步的了解，我深深感受到这里严谨的教学氛围以及在超负荷的工作量下教师对工作的热爱。自然科学各系的老师满工作量是周课时 20 节，平均每天 4 节。人文学科各系的老师满工作量是周课时 15 节，平均每天 3 节。例如化学系的 Patty Pieper，拥有化学专业博士学位的 Patty 毕业于明尼苏达大学，在 ARCC 已工作 17 年了，教授两门课程和一门实验室课，周一至周五每天早晨 7 点起床，8 点半到学校，下午 5 点半以后才回家。除了每天固定的一个小时（office hour）为学生答疑，她在办公室的主要任务就是备课和阅卷，当然，作为化学系的负责人，还要经常做一些文案工作。学校并不要求教师坐班，但几乎没有哪个老师在下午四点之前回家。当然，老师们的敬业与这份教职工作的来之不易有很大关系，要想得到全职教师的工作，老师需在连续几年的教学中，每个学年的讲授课程达到一定数量的学分。一门课程的报名人数少于 12 名则不能开课，因此教师的讲课方式、内容和教学效果决定着课程的受欢迎程度，决定着是否能继续开课，因此可以说，在以教学为主的社区学院，教学效果是决定教师命运的关键因素。当然，决定学生是否选课还有其他因素，比如课程的难易程度以及是否对未来就业有帮助。近年来，选择法语、德语和汉语的学生数量逐年减少，想必是学生出于对未来就业的考虑。

　　和我们国内教学管理不同的是，这里对教师如何授课、使用什么教材、如何评定学生成绩没有模式化的要求。每个学期初，教师需要提交课程教学大纲，大纲内容包含课程教学目的、要求、内容和评价方式，上课时将大纲发给学生，整个学期就按大纲的各项要求开展。通常对学生的评价包含出勤率、课堂参与度、多次的课堂测验、期中考试、期末考试，有些课程要求学生以 PPT 做口头演示。如此多的测验和考试使得阅卷成为老师繁忙的主要原因，很多老师晚上回家还要加班阅卷。在我两次和 Dale 一家人出去吃饭或游玩的路上，都是他的太太开车而他在后排阅卷，或者向讲西班牙语的太太请教西班牙语问题，这样的敬业精神令人肃然起敬。

明尼苏达州的教育

　　社区学院也被称为初级学院，是美国的独创，也是美国对世界高等教育的贡献。初级学院的建立加速了美国高等教育大众化的进程，促进了美国现代高等教育制度的完善。作为高等教育的重要组成部分，社区学院不仅为学生提供某些领域的职业技术教育，也为打算读本科的学生提供一、二年级各领域的专业课程。美国共有1 200多所社区学院，入学人数超过1 000万人。社区学院的学生约占美国大学生总数的45%，有近60%的大学适龄学生申请就读二年制社区学院或技术学院。

　　有着近万名学生的ARCC治学严谨，有良好的社会声誉，每年都吸引众多优秀的高中生和四年制大学的学生来这里选课。我从两个学生的学习实际情况中了解了明尼苏达州灵活的教育政策，他们是我的汉语中级班学生，也是这些灵活政策的典型受益者。一个是女孩Lily Knopf，来自本地区一所高中，她告诉我，优秀的高中生从高二开始就可以在社区大学选修课程，课程的学分既可以代替高中课程的学分，也可以用来抵将来大学的学分。高中属于义务教育阶段，因此在社区学院修读的课程免学费，真是一举三得呢！另一个学生是来自明尼苏达大学的男生 Dane Falline。根据该州教育政策，各大学一、二年级的课程和社区大学之间有一定比例的学分可以互认，由于社区大学学费远远低于四年制大学，因此会有一部分四年制大学的学生选择社区学院的课程。对于 Dane 而言，除了 6 个学分的外语课，他已经修完明尼苏达大学的全部课程并且已经开始工作，因此他选择了学费较为低廉的 ARCC 修读外语课以最终完成学业。明州灵活的教育政策，既有利于优秀中学生的成长，也减轻了大、中学生的经济负担。

作为一名多年的教育工作者，除了 ARCC 的教学工作之外，我也希望对明尼苏达州的基础教育和高等教育有所了解。作为北欧斯堪的纳维亚和德国的移民重地，明州有重视文教卫生事业的传统。只有 560 万人口的明尼苏达州目前有高校 98 所，大学生27 万。仅州府圣保罗一个城市就有 11 所大学，如果按高校与人口比例计算的话，圣保罗的高校密度在美国排名第二。其中创立于 1851 年的明尼苏达大学（University of Minnesota），是闻名全美的巨型学府之一，其中明尼苏达州的双城分校，最为知名。明大有三个分校，共有 5.3 万名本科生和研究生，2016—2017 学年有109 个国家的学生注册入学，其中来自中国的留学生超过 5 000人，约占明大学生总数的 1/10，这个数字着实让我吃惊。

明尼苏达大学是明州的骄傲。我的朋友 Patty 祖孙三代，即妈妈 Joan、她本人和女儿 Megan 都毕业于此，可见其魅力。明尼苏达大学是美国十大联盟的成员校之一，也是国际 21 世纪学术联盟的成员之一，被誉为"公立常春藤"，拥有 300 多个交流项目，诞生过 8 名诺贝尔奖获得者，1 位美国前首席大法官，2 位美国前副总统，以及多位美国财富 500 强的企业巨子。明尼苏达大学法学院在全美法学院中排名第 25，明大汉弗莱公共政策学院在全国同类院校中排名第 8，卡尔森管理学院在全美商学院中排名第 29，其商务分析硕士全球项目排名第 4。2015 年，明尼苏达大学的捐赠投资回报全美排名第 1，其中，毕业于明尼苏达大学卡尔森管理学院的中国留学生——阿里巴巴旗下蚂蚁金服的现任 CEO 井贤栋在 2016 年向明尼苏达大学捐赠 500 万美元，成为该校历史上来自中国单笔最大数额的捐款[①]。除上述骄人的成绩之外，明尼苏达大学医学院也是蜚声全球，许多世界顶尖的技术和发明在明大医学院诞生，如心脏起搏器、心脏呼吸器等。

另外，建于 1866 年的卡尔顿学院在全国私立文理院校中排名前 10，根据"英国域名"（全球最大的网站注册管理机构）的数据排名，全球 9 所拥有富时 100 和财富 100 强 CEO 最多的大学榜单上，卡尔顿学院排名第 5。还有一个有趣的排名，在美国学习最刻苦的大学中，卡尔顿学院名列前茅。另外，有着 125 年历史的明尼阿波利斯艺术设计学院位列全国同类院校前 10 名。

不仅明州的高等教育质量令人叹服，它的中小学基础教育在全美也处于领先地位，这里可以举几例以充分说明它的实力。第一，在美国大学入学考试 ACT（American College Testing）的排名中，明尼苏达州连续 9 年在全美排名第一。第二，美国目前盛行的特许学校（charter school）是明尼苏达州于 1992 年首创的，目

---

① 井贤栋 2005 年毕业于明尼苏达大学卡尔森管理学院和中山大学岭南学院合作的中国 EMBA 项目。这也是中国教育部批准的第一个由外国大学与中国大学合办的工商管理教学项目。

前明州有 150 间特许学校和 4.8 万名学生①。第三，明尼苏达州语言沉浸式学校②数量在全国排名第四。第四，明尼苏达州有 22 间高中学校提供国际文凭教育项目（IB）③，在全国处于领先地位。在 2018 年美国最佳公立高中前 50 榜单中，明州 Edina 高中位列第 28。当然，明州教育也有亟待提高和改善的地方，比如少数族裔（以非裔和拉美裔为主）的学生四年大学毕业率都处于较低水平，仅有 40% 左右，全美倒数，令人遗憾。

2018 年春节期间，我受同事 Peggy Margaret Guiney 之邀去参加她的儿子就读的英华学校（Yinghua Academy）举办的春节晚会。英华学校是一所中英双语沉浸式公立学校，也是美国第一所汉语沉浸式特许学校，授课语言为汉语。Peggy 介绍说，全校从幼儿园到八年级共有 800 多名学生，大约有 1/3 的孩子是美国家

---

① 特许学校于 1992 年由州政府立法通过，是特别允许教师、家长、教育专业团体或其他非营利机构等私人经营、政府负担经费的学校，不受例行性教育行政规定的约束。美国的特许学校一方面具备公立学校公平、公正、低学费的优点，另一方面又有私立学校重视经营绩效的优点，同时也可以激发各种创新的教育实验，并且可以透过竞争压力，刺激一般公立学校提升学校经营及教学质量，因此，已成为美国 21 世纪学校的典范。圣保罗市立中学（St. Paul City Academy）是全美第一所特许学校。

② 语言沉浸式学校：学校在教学中使用目的语进行教学的全封闭语言教学模式，这种教学模式兴起于 20 世纪 60 年代的加拿大，最初所教授的第二语言为法语。1971 年，第一所沉浸式学校在美国加利佛尼亚州诞生，随后，沉浸式教学模式在美国发展迅速，最先开设了西班牙语、法语、日语等语言的沉浸式课程。2006 年，美国明尼苏达州明尼阿波利斯市的英华学校被批准为美国第一所汉语沉浸式特许学校。目前，汉语已成为除西班牙语和法语之外的第三大沉浸式外语教学语种。

③ 国际文凭教育项目（IB）：International Baccalaureate，全球统一化课程，被称为"成熟的国际化的素质教育"，公认具有最高学业水准的教育项目。国际文凭组织总部设在瑞士日内瓦，汲取了世界许多国家的教育改革精华，培养具有多元文化和多学科知识的学生，培养受全球大学认可并优先录取的精英型人才。目前在世界上一百多个国家和地区拥有几千所成员学校，中国已有 86 所高中（以私立为主）提供 IB 项目。

庭从中国领养的弃婴（听闻此言我百感交集），一部分来自教育程度较高的美国家庭，他们选择这所学校是希望自己的孩子能够在多元文化中成长，这也是 Peggy 为孩子选择这里的初衷。演出分上午、下午两场进行，所有的孩子包括残疾学生都参与表演。低年级学生参加唱歌、跳舞、武术的表演，高年级学生则参加舞台剧的表演以及每一幕之间的中英文串词。这次演出的舞台剧是中国的神话故事《二郎神与天狗》，以神话故事为主线穿插着以"孝"为主题的各朝代故事。我被这样的创意深深地折服，被精彩的表演深深打动。这样的演出不仅锻炼了孩子们的语言能力，而且是让孩子们了解、接受中国文化的有效手段，更是通过每个孩子的参与，提高他们的自信心、自豪感和表现力的有效途径，而这才是教育的真谛——让孩子们身心愉快地成长。

英华学校（中文沉浸式学校）2018 年春节汇演

明尼苏达州的"江湖"

离学校不远处的密西西比河宽阔处有一座大坝，连同周围的森林草地形成大坝公园（Coon Rapids Dam Regional Park），周末我和学生相约去游览。我们的车刚驶进公园，还没看到大坝就听到了湍急的水流轰鸣声，兴奋中眼前一片开阔，蓝天、碧水、白云把公园渲染得美不胜收。踏上一里长的大桥，气势恢宏的大坝景象尽收眼底。

密西西比河大坝公园

看到眼前密西西比河的壮美，疏于提前做功课的我甚感羞愧，因自己对明尼苏达州的地形、地貌、人文历史等知之甚少。密西西比河源头的事实触发了我对明尼苏达州的"江湖"进行深入了解的热情。原以为有着名山大川的明尼苏达州其实大部分地区是冰川时期被风化的平原，它的东北部以森林为主，西南部以草原为主，整个州是美国北部广袤大平原的一部分，远离美国本土东、西两翼的阿巴拉契亚山脉和落基山脉。州内河流湖泊密布，纵横交错，地表水面积为 250 万英亩（约 10 117 平方千米），为全美第一。

明尼苏达州州内河流总长约 11 万千米，是美国唯一一个有着三条河流源头的州——密西西比河、红河和圣路易斯河。不同于许多发源于高山的大川，密西西比河发源于明尼苏达州北部的艾塔斯卡湖，而浩瀚的密西西比河在源头那里只是一条温柔的小溪，从北向南流经中央大平原多个州后汇集成世界第四大长河，从路易斯安那州新奥尔良市流入墨西哥湾。密西西比河的上游流经明尼苏达州，在明尼苏达州州内长约 1 000 公里，河水清澈且平缓，既哺育了明尼苏达州的土地，又不会泛滥成灾。而北部的红河向北流入加拿大，圣路易斯河向东流入苏必利尔湖（Lake Superior）。州内著名河流明尼苏达河（Minnesota River）和圣克洛伊河（St. Croix）在明尼苏达的东南部汇入密西西比河。

明尼苏达州被誉为"万湖之州"，不管是在车水马龙的都市，还是在名不见经传的小镇，无处不见湖泊，总数多达 11 842 个。无论行走在哪里，湖面都是绿色的森林和蓝色的湖水，大小湖泊星罗棋布。仅明尼阿波利斯市内就有 22 个轻盈秀丽的小湖，湖面波光粼粼，水天相映。而世界第一大淡水湖，北美五大湖之首的苏必利尔湖就位于明尼苏达州的东北部。苏必利尔湖为法国探险家于1622年所发现，湖名苏必利尔（Superior）取自法语，意为上湖，为美国和加拿大两国共有，被加拿大的安大略省和美国的明尼苏达州、威斯康星州和密歇根州所包围。苏必利尔湖湖面东西长616千米，水面积为82 414平方千米，最深处达406米。苏必利尔湖广茂似海，水质清澈，其蓄水量占五大湖蓄水量的一半以上。另外，明尼苏达州内较大的湖有北部的红湖（Red Lakes）和里奇湖（Leech Lakes），中部的米拉湖（Mille Lacs Lake），南部较大的湖是明尼通卡湖（Minnetonka Lakes），明尼通卡湖还是明州著名的风景区和富人区。明尼苏达州的"江湖地位"真是名不虚传。

密西西比河大坝风光

走马观花双子城

　　和我们的五一国际劳动节日期不同的是，9 月 4 号是美国劳动节（Labor Day），全国放假一天。戏剧系的 Blayn Lemke 教授约我去游览有一百多年历史的明尼苏达州"心脏"——双子城（圣保罗和明尼阿波利斯），这也是我来到明州之后第一次"进城"，心中充满期待。

　　Blayn 先生年纪不到六十，满脸的灰白胡须和灰白头发连成了一片，说话时激情满满，他的手一会儿挥向空中，一会儿收在胸前，画着不同形状的弧线，还不时用手指碰碰我的臂膀，处处表现出艺术家的奔放和不拘，时而也会流露些许柔美细致的神韵。Blayn 家住在明尼阿波利斯市区南部，每天都要穿越城区往返于学校和家。我们开车从 ARCC 向南行驶 20 分钟之后，双子城的摩天楼天际线已开始若隐若现。Blayn 用他那戏剧导演特有的感染力给我介绍着魅力无限的双子城。

　　圣保罗始建于 1805 年，1885 年成为明州州府，目前人口约30 万。圣保罗位于明尼苏达州东南部，密西西比河的东岸，是密西西比河航线向北溯航的终点港。圣保罗的城市建筑颇有特色，以古典建筑为主；雄伟华丽的州议会大厦、庄严的市政府广场、世界贸易中心、地标中心以及圣保罗大教堂等都是标志性建筑，特别是圣保罗大教堂，仿造梵蒂冈建筑风格，是美国最有特色的天主教堂之一。圣保罗大教堂坐落在地势较高的大教堂山丘，俯瞰整个城市，是美国第三大和第四高的教堂。大教堂北侧是圣保罗的一条主要街道，古建筑林立，其中最庄严华丽的是明尼苏达州历史名人和企业家詹姆斯·希尔故居，现为博物馆。圣保罗的文化气氛浓厚，诞生了很多文化界名人，所以又被称作中西部地区的波士顿。

俯瞰圣保罗市

明尼阿波利斯是明尼苏达州最大的城市，市区人口约40万，位于密西西比河西岸明尼苏达河口附近，和圣保罗市隔河相望，组成密西西比河上著名的双子城。两市市区通过密西西比河上的多座大桥连成一片。由于其水资源极为丰富，市郊分布着二十多处湖泊和湿地、密西西比河河滨，以及众多的溪流与瀑布，因此，明尼阿波利斯得到"湖城"的绰号。另外，由于在历史上这里曾是美国乃至世界的面粉工业之都和重要的伐木业中心，它还有个绰号是"面粉城"。

明尼阿波利斯市

Blayn 一边陪着我沿着密西西比河漫步，一边向我介绍岸边景色。密西西比河上的唯一瀑布——圣安瑟尼瀑布（St. Anthony Falls）就在左侧，这也是明尼阿波利斯的诞生地，瀑布的存在催生了磨坊的诞生和发展，大大小小的面粉厂使最初的小镇发展成为明尼苏达州的中心。河的右边可以看到废弃磨坊的遗迹，如今被打造成颇具特色的磨坊遗址公园。与古典风格的圣保罗不同，明尼阿波利斯的城市建筑以现代建筑为主，高楼大厦鳞次栉比，而且完美结合了现代都市的便利与未经雕饰的自然风光。位于明尼阿波利斯的明尼苏达风景植物园在 2017 年"今日美国"调查中被评为全美最佳植物园。明尼阿波利斯连续三年获得最佳城市公园体系。根据英国"经济学人"智库发布的 2018 年"最宜居城市排行榜",在全球前 50 名宜居城市中,明尼阿波利斯全球排名第 39。在美国十大最宜居城市中,明尼阿波利斯排在檀香山、匹兹堡、华盛顿特区之后位列第 4,作为内陆城市能有如此亮眼的成绩让我这个短暂访客也为之自豪。除了美丽的自然风光和宜居的环境,明尼阿波利斯还拥有众多吸引着创作者与观众的文化机构,涉及戏剧、视觉艺术、文学和音乐等各个领域,著名的格斯里剧院(Guthrie Theater)是纽约百老汇以外地方剧院的先驱。

明尼阿波利斯—圣保罗都市圈是美国北部从芝加哥到西海岸西雅图之间广袤地区的工商中心和交通枢纽,都会区的经济规模在美国的大都市区中排名第 10,人口规模排名第 16。双子城在历史上以粮食生产和牲畜交易闻名,现在的制造业、高科技以及教育、文化都很发达,两座城市一个现代一个古典,相得益彰。双子城也是美国最寒冷的都会区,冬季最低气温可达 -30℃。由于天气寒冷,1958 年建筑师艾德贝克在明尼阿波利斯他的两栋楼之间建造了封闭式人行天桥,以方便他的客户往来于两栋楼之间。这种让人免受冷冻之苦的做法很快流行起来,明尼阿波利斯市的封闭式人行天桥总长达 17.7 千米,圣保罗市总长 8 千米,双子城的封闭式人行天桥成为其一大特色,堪称美国之最。讲到这一点,Blayn 颇为自豪地带我上去感受了一番。漫步在城中,蓝线和绿线轻轨不时从我们身边驶过,便利的轻轨网络将两个城市与双子城国际机场的两个航站楼以及美国购物中心(Mall of America)连接起来,为市民和游客提供便利的交通条件。爱好骑行的 Blayn 告诉我，双子城还是全美最佳自行车骑行城市和自行车友好城市。

一天的城市观光，我浮光掠影地感受着这两座密西西比河河畔城市的现代与古老。漫步在密西西比河畔的磨坊遗址公园，曾经以其动力带来两岸面粉和木材工业大发展的圣安瑟尼瀑布诉说着城市的发展史，也见证了这里半个世纪前成为美国乃至世界面粉之都的辉煌。

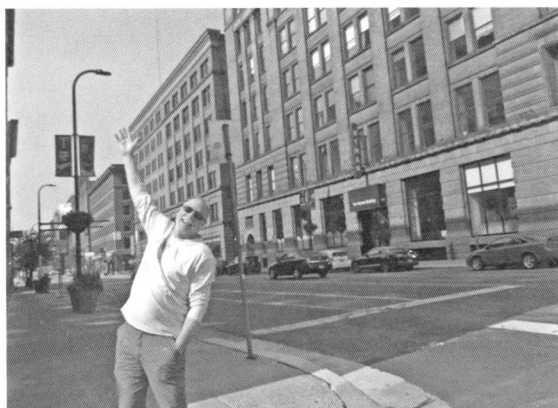

明尼阿波利斯市街头的 Blayn Lemke 教授

游览美国最大的购物中心
——Mall of America

　　在纽约、华盛顿等地逛过一些大规模的购物中心，但听说明州的超级娱乐购物中心（Mall of America）是美国最大的购物中心时，我还是有些吃惊。应家住布鲁明顿市（Bloomington）的朋友侯老师之约，我有幸周末来一睹这个闻名遐迩的商城芳容。购物中心就位于双子城南郊的布鲁明顿市，距离双子城国际机场仅2 000米，朋友介绍说布鲁明顿市的酒店房间多达7 600间，对于本地及外地游客来说，交通和住宿十分方便。购物中心面积达15万平方英尺（约13 935平方米），拥有逾12 000个免费停车位。另外，还为准妈妈和残障人士提供专用停车场。这里服务周到，行动不便的人交5美元押金就可以租一辆轮椅。带小孩来逛商城的人，在一层入口处的服务台，花3美元就可以租一辆童车用一天。据统计，每年有4 000万游客和顾客到访这家巨型的购物中心。

　　Mall of America主力店主要由四间大百货公司组成，分别为梅西百货（Macy's）、布鲁明戴尔（Bloomingdales）、诺德斯特龙（Nordstorm）及西尔斯（Sears），分别位于商场内四个主要零售位置的四个角落。此外，还有超过520间零售专卖店、80间餐饮食肆分布于三个楼层，大部分在美国已有一定知名度的零售商及一些国际性零售商均设店于此购物中心内，真是无愧于"购物天堂"这个称号。

除购物外，Mall of America 还是个集超级娱乐中心、亲子游乐园于一体的度假胜地。它的娱乐及休闲设施的建设比例特别高，包括一个占地 7 公顷的史努比营主题公园（Knott's Camp）、明尼苏达海洋馆（内有全球最早的鲨鱼展览地）、美国中西部地区首家仿真式互动飞行游乐园"飞跃美国"游乐园、全美规模最大的室内主题乐园尼克宇宙游乐园、全年恒温的激情水上设施"大狼屋"水上乐园、一个两层高 18 洞的迷你高尔夫球场，还有一些传统的商业娱乐设施如 14 屏幕的电影院。

在我看来，这样的美国商城代表了一种新的商业模式——娱乐零售。整个商城每年举行各种各样的促销和娱乐活动达 300 多项，几乎每天都有，有时邀请歌星来演唱，有时由当地土著印第安人表演，有时还举办艺术展览和慈善募捐等活动。每年春节，当地华人都会在这里举办春节庆祝活动，中国传统节目如舞龙舞狮会吸引众多的游客前来观看。许多来这里逛店的人，其实都是为了带孩子来玩。当然，如果有中意的商品，也不妨顺便买上一两件。

在一个谷物片展示店里，孩子们正聚精会神地观看制作谷物片的录像。美国孩子喝牛奶喜欢放燕麦片之类的谷物片。生产这种谷物片的公司就在商城里开了这家展示店，把工厂搬到了商场，给孩子们展示全部生产过程，介绍谷物片的营养价值。孩子们还可以自己制作，带回家去。这家店就像是一个小型工业展览馆，孩子们在玩耍中学到了不少知识，商家也推销了产品。史努比营主题公园里有一家神秘餐馆，顾客可以一边进餐，一边观看演出。这里没有舞台，大家在入座的同时也就进入了剧情。人们一边吃饭，一边体验紧张的案情，直到三道菜上完，案件才会真相大白。这种独具特色和创意的经营之道给我留下了非常深刻的印象。

Mall of America 的商场部分刻意突出强烈的主题装修风格，与娱乐设施有关的一些零售商于区内经营，如销售一些有趣且具有收藏价值的商品。因此，逛商城对许多人来说，更多的是寻求一种体验，而不只是购物。目前，中国大中城市的商场越建越多，在日趋激烈的商业竞争环境下，如何避免同质化的经营模式，就需要创新，学习国外著名商场的理念和经验。像 Mall of America 这样集购物、娱乐和度假于一体的巨型商场，相信在人口密集的中国大城市也一定会有广阔的发展空间。

美国商城室内游乐场

相约明尼苏达州博览会

化学系的 Patty Pieper 博士是个极热情的人，在这一年里，我得到了她很多的关照，和她联系最多，成为很好的朋友。Patty 担心我寂寞，常常约我出去吃饭、观光。对于明尼苏达州的年度盛事——明尼苏达州博览会（Minnesota State Fair），她当然不会错过，早早就约好了日子。胖胖的 Patty 非常爱说话，且语速极快，浑身散发着开朗、快乐的气息。

博览会举办时间是在每年的八月下旬和九月上旬，历时 12 天。我们选择了博览会开幕后的中间时段来逛，依然是人山人海、摩肩接踵。人们熙熙攘攘地进入会场，有推着婴儿车的年轻夫妇，有坐轮椅来的老年人，更有活蹦乱跳的小朋友，大都是男女老少全家出动。当我们到达场地时，已是人头攒动，热闹非凡。我已经逐渐适应了明尼苏达州的地广人稀，冷冷清清，突然看到一下子冒出来这么多人，感到十分惊讶，感觉全州的人都聚集到了这里。

明尼苏达州博览会有着悠久的历史。第一次博览会的举行是在 1859 年，也就是明尼苏达州加入美国联邦的第二年，迄今已经有 160 年的历史。除了有五年因战争和瘟疫等特殊情况之外，博览会每年举行一次，从不间断。明尼苏达州博览会有自己固定的基地，面积达 4 800 多亩。基地内有艺术中心、发展中心、演出场地、体育馆（赛马场）和大型停车场等完善的场地设施，其中场地规模最大的当属安置农场各类牲畜和禽类的牲口棚。明尼苏达州博览会每年吸引近 200 万游客，在美国各类博览会规模中排名第二，仅次于得克萨斯州的国家博览会，也是世界上规模最大、参与人数最多的博览会之一。

明尼苏达州博览会比赛现场

明尼苏达州博览会的举办期是百姓娱乐的节日。博览会基地内，摩天轮、海盗船、摇头飞椅、蹦蹦车、冲浪、淘气堡、高空飞车和登月火箭等娱乐设施一应俱全，每个人都可以找到自己喜欢的游乐项目，是小朋友和年轻人的乐园。博览会期间，球类比赛、赛马、杂技表演接连不断；音乐会、演唱会、舞会轮换登场；书画作品、轮船模型、木雕泥塑目不暇接；可爱的小玩具、琳琅的饰品、精美的手工艺品任人选购。博览会还是美食节，在博览会上可以品尝到直接从农场运来的新鲜牛奶和各种小食。还有各类西式美食摊档，几乎每个摊档前都排着长长的队伍，但对于饮食讲究的中国人来说，这些以油炸、奶油和奶酪类为主的食品就不那么健康诱人了。

明尼苏达州博览会的马车巡游

　　博览会也是百姓喜闻乐见的科技展示会和评比会。大学和研究机构展示出他们的最新科技成果，各地农场带来了琳琅满目的水果、蔬菜和鲜花。技术人员耐心地讲解各种农机、滑雪车和割草机的使用方法。在生命诞生馆，正在展示猪崽和鸡崽出生的全过程，引来众多小孩和家长的驻足观看。

　　位于中西部大平原的明尼苏达州是农业重地，农牧业很发达。博览会当然少不了家禽、家畜类的大聚会与大比拼，这也是我最感兴趣的地方。博览会的基地建有牛仓、马仓、羊仓、猪仓和家禽仓，我们挨个参观。各县农场主们运来的家禽、家畜个个都经过了精挑细选，不仅体型大，皮肤还洗刷得锃亮，完全没有以往的味道。那些高头大马走上街头巡游的气派一点儿不输皇家马队。想起平时中国西餐厅里供应的安格斯牛肉，此时干干净净的安格斯大活牛就在我眼前！参观农场动物，观看各种动物比赛和表演成为博览会上我个人体验最特别、最喜爱的活动。这样的农场动物大聚会，让人既开眼又兴奋。想到我们中国虽是农业大国，但不是农业强国，如果能举办这样的活动，相信也一定能促进农牧业的发展，说不定还可以带动旅游业的发展呢。

穿越之旅

——体验明州文艺复兴节

　　每年的 8 月至 10 月，是明尼苏达州举办"文艺复兴节"（Minnesota Renaissance Festival）的时间，从 1971 年开始举办的第 1 届到 2018 年已是第 48 届。文艺复兴节历时两个月，每年举办季的周末，都吸引上万民众参与，与州博览会一样，也是明尼苏达州的年度盛事，但文艺复兴节的娱乐形式与州博览会完全不同。节日期间的活动内容包括长矛比武、舞台喜剧表演、骑士击剑、各式杂技以及欢乐巡游，此外，活动地还开设有中世纪特色的商店等。

　　此次活动依旧是受 Patty 夫妇邀请，我们在周末一同驱车前往，文艺复兴节地点位于距离双子城南部一小时车程的沙克比市郊。我走出停车场，已经看到身穿有欧洲文艺复兴时期服饰色彩的游客走向文艺复兴镇。这个占地几十英亩的园区，是一个还原中世纪欧洲文化的文艺复兴主题公园。进到镇里，便看到露天舞台一个接一个，随时上演着各式各样的表演，既有欧式古装剧，也有与观众互动的模仿喜剧，剧中的角色就在游客身边出现，戏里的情节就在游客面前即时上演。小镇场地内有几百家商店，出售琳琅满目的手工艺品、骑士盔甲、贵族裙装、珠宝等精美礼品。还有很多店在出售各式美食，街上有很多游客边逛边吃，十分惬意。孩子们则最喜欢在小摊上请艺人为自己装扮上喜欢的脸谱。欣赏着苏格兰风情的音乐、玩火杂耍、骑士打斗，尤其是看着穿着各式古装进行欢乐大游行的队伍，我真感觉这就是一场大型穿越活动，不管是从人们的衣着还是周围的环境，都会带给人一种身临其境的复古感觉。总的来说，文艺复兴节就是一个集表演、魔术、杂技、音乐、舞蹈、绘画、陶艺、服装、化妆、传统工艺、地方风俗、美味佳肴为一体的真人秀与游客互动性质的超大型娱乐项目。

明尼苏达州的文艺复兴节始于 1971 年，是美国较早开展这项活动的州之一，然后开枝散叶到其他各个州。因为这里的人们大多是欧洲移民的后裔，他们希望在自己的生活中重现历史，再现文艺复兴时期文化艺术的辉煌，重建美国当代民众与其祖先的文化联系，因此文艺复兴节应运而生。文艺复古的场景、别开生面的表演、独具风味的佳肴成为这一活动的三大特色。如今，许多州的文艺复兴节都会邀请有丰富经验的明尼苏达人来做台前幕后的工作。这个节日已经成为明尼苏达州的传统节日，它在明尼苏达人心中的分量可见一斑。

专属我的聚会

——感受美式大 party

为欢迎我的到来，Blayn 准备在家举办一个大聚会，早早就在校内公共邮件系统发布了消息并附上我的照片，邀请学校同事参加，一时间我成了学校的名人！Blayn 十分热爱中国文化，曾利用学术休假期前来我们外语学院任教，和我成为好朋友。

两个月来的工作和生活，在和美国同事频繁的近距离接触中，让我不仅收获了他们真诚无私的友情，也让我有机会对他们进行比较深入的观察和了解。当然，美国人的友情观和我们是有差异的，中国人讲究"意气相投""人以群分"，因此在交友上倾向于和相似的个体在一起，三五好友，一杯清茶，推心置腹地深入交流，交情深厚到了一定程度甚至愿意为朋友两肋插刀，因此朋友关系难免有时会越界。而美国人更多的是泛泛之交，美国人在友情上关心对方，朋友需要帮助时，他会乐于帮忙，但会保持距离，不会探听隐私，这样的关系不会给人造成负担；这样的价值观也体现在待客上：自由随意，不会以倒茶、夹菜、嘘寒问暖的方式刻意照顾客人。

我的"朋友圈"

今年 58 岁的 Blayn 出生在密苏里州，在他小时候父母就离异了，父亲酗酒，妈妈出过车祸，为缓解疼痛，妈妈依赖上吗啡，因此脾气也不好。在这样的家庭长大，Blayn 从小就学会了独立，靠自己兼职赚钱完成了本科和研究生阶段的学习。25 岁时，他用自己两年的积蓄去欧洲旅行了四个月，用他自己的话说是看到了不一样的世界，改变了人生观。Blayn 先后在小学、中学任教，还在剧团做过演员，2003 年开始在 ARCC 就职。2015 年，Blayn 利用他的学术休假期来到中国，来到我们的英语系任教，深受学生爱戴的他从此便爱上了中国和中华文化，甚至两年后还专程回到中国参加学生的毕业典礼。

志忐并期待的这一天终于到来了，同事 Rita 和她的先生 Jerry 带我前往 Blayn 位于明尼阿波利斯市区南郊的家。这是典型的美式聚会，主人已经备好了简餐和各式饮料，由租住在此的 Blayn 的侄女和她男朋友负责在门口迎宾、为客人倒饮料。简餐并不简单，除了各式点心外，还有调好的水果沙拉，也备足了一次性餐具供客人使用。由于正值中国中秋节，我也提前买了月饼带来，切好放在食品盘上。

同事们陆续到来。Patty 和她老公 Richard，日裔心理学系老师 Masa，生物系老师 Peggy 及她的老公和两个孩子，英语系的 Page 和她帅气的律师老公，英语系的 Kate，教学秘书 Mary 带着同性伴侣，传播系 Tom 也带着同性伴侣，外语系 Dale 80 岁的父母刚从南方的阿肯色州千里驱车回到明尼苏达州，也一起来了，还有一些尚未见过面的同事，一共有近 30 人到场，规模可谓盛大。寒暄过后大家以各自聊天为主，大都三个一群、两个一组站着边吃边聊，气氛热烈。美式聚会之法不同于中国的待客之道，不以吃喝为主，主人和客人无须互相照顾，随意随性，逗留时间可长可短。晚上十点钟，我便随着上了点年纪的 Rita 夫妇出城返家。第二天，Blayn 神秘地告诉我，有七八个同事聊天至深夜 2 点才离开。难得同事一聚，我为派对的成功由衷地开心，为 Blayn 的热心由衷地感动。

Blayn 家的派对

明尼苏达州博物馆之旅

　　博物馆是我到各地旅行时的最爱，迄今已经参观过世界四大博物馆中的大英博物馆和纽约大都会博物馆。以浓厚的文化底蕴著称的明尼苏达州自然少不了各具特色的博物馆。大型艺术、文化、科学与历史博物馆，以及一些小型的美术馆和博物馆，使得双子城充满文化的氛围和艺术气息。传播系的 Godwin 教授自告奋勇地带我利用周末两天的时间去双子城参观。Godwin 是来自非洲尼日利亚的移民，名字中透露出浓浓的宗教色彩。他于 20 世纪 70 年代来到明尼苏达大学留学，毕业后在这里成家立业。我们初步计划两天内参观三到四个博物馆。

　　只有 560 万人口的明尼苏达州竟然有 600 多家博物馆，比较著名的博物馆包括明尼阿波利斯艺术博物馆（Minneapolis Institute of Art，MIA）、全国排名前十的明尼苏达科学博物馆、明尼苏达大学双城分校校区内的魏斯曼艺术博物馆（Weisman Art Museum）、沃克艺术中心（Walker Art Center，其中有全美最大的城市雕塑园）、北美唯一的俄罗斯艺术博物馆、全国排名前十的明尼苏达儿童博物馆、明尼苏达历史中心、磨坊城市博物馆、罐装肉诞生地的斯巴姆博物馆（SPAM）、美国著名音乐人鲍勃·迪伦博物馆等。

我们参观的第一站是免费开放的明尼阿波利斯艺术博物馆，也称为艺术学院。该馆始建于1883年，是美国最好的百科全书艺术收藏之一，也是世界一流的物馆。博物馆分为七个馆藏区，拥有近9万件具有5 000年历史的艺术作品，包括绘画、照片、印刷品和图纸、纺织品、建筑和装饰艺术。永久收藏的亮点包括莫奈、凡·高、伦勃朗和普桑等欧洲大师的作品，毕加索、马蒂斯、蒙德里安、斯特拉的现代和当代绘画和雕塑，国际上重要的印刷品和绘画、装饰艺术、现代主义设计、照片、纺织品以及亚洲、非洲和美洲土著艺术的收藏品。其亚洲展馆被称为"美国最好和最全面的亚洲艺术收藏之一"。

亚洲馆中国展区藏品之丰富令我这个自认为"见识多广"的中国人感到惊诧，瞬间让我感觉这里是除中国以外中国藏品最多的地方。博物馆中国展区有14个陈列中国文物的常设展室。除了美国少数几个博物馆才有的中国古代绘画陈列，还有连在国内大型博物馆中也少见的中国古代建筑和古代家具陈列，更不用说各类玉石玉雕、青铜器、古代字画、佛教壁画石刻雕塑、远至夏商时期的陶瓷以及宋元时期各类精美的陶瓷。仅从展览的规模来看，明尼阿波利斯艺术博物馆的中国展区是我所见到的美国博物馆中最大的，中国收藏也已经被博物馆视为其馆藏中的骄傲。

据工作人员介绍，博物馆近年迅速扩大的中国收藏品都来自一对名叫戴顿（Dayton）的老夫妻的捐赠。Dayton家族是明尼苏达州的豪门世家，拥有本州最重要的一家零售百货企业"塔吉特"（Target）。老先生布鲁斯·戴顿（Bruce Dayton）从23岁起就担任明尼阿波利斯博物馆的理事，至2018年已有68年。戴顿原本的艺术兴趣是 19 世纪法国印象派绘画。20 世纪 80 年代，他受热爱东方哲学和艺术的新婚妻子露丝（Ruth）的影响，开始全力收藏中国艺术品。从收藏中国古代的硬木家具起步，在那个时候，中国政府还没有采取对古代家具出口的限制措施。因为明式家具是有着深厚人文传统的中国古代艺术品，夫妻俩的收藏进一步拓展至和文人生活密切相关的各种器玩、清供，以及图书和绘画方面。为了在博物馆中全景地展示中国古代文人的生活意趣，他们又从苏州的东山和西山整体拆买下一座明代的厅堂、一座清代的书房，以及一组湖石和假山。上述藏品就构成了博物馆七个中国展室中的精华。令人称道的是，戴顿夫妇的收藏目的并非为个人或者家族的所有。用他自己的原话说就是，"艺术品只有进了博物馆，我才能获得更大的满足。因为有更多的人可以欣赏到它们"。捐赠向来都是美国博物馆藏品最主要的来源方式。

从规模和品质上来说，明尼阿波利斯艺术博物馆是美国最大的艺术博物馆之一。虽然与纽约、芝加哥这些大都市的博物馆相比，明尼阿波利斯艺术博物馆没有摩肩接踵的人流，但这座经典的博物馆给我留下了极为深刻的印象，它有着大型博物馆丰富的馆藏品，却少了嘈杂的纷扰，参观者可以静静地流连在自我的心绪中，可以深入到古代的故事里，也可以跟随志愿者工作人员的讲解聆听遥远的发生在绘画里的故事。

第二站是明尼苏达科学博物馆（Science Museum of Minnesota）。多亏 Godwin 的会员年卡[1]，同行者可以免费入场。

---

① 美国大部分博物馆实施会员制，会费不等。明尼苏达州双子城有一种会员年费为 120 美元，持卡人不仅可以一年内无限次免费参观双子城范围内的 12 个博物馆或历史遗迹，还可以带一位朋友免费入场。

在美国，几乎每一个州都有一个自然科学博物馆，且各具特色。明尼苏达科学博物馆位于圣保罗，成立于 1907 年，是一个侧重于科技、自然历史、自然科学和数学的博物馆，集展览、教育和研究为一体，是明尼苏达州最受欢迎的博物馆。Godwin 告诉我，他的孩子们小的时候最喜欢的地方就是这个博物馆。博物馆侧重科学方面的展览，涵盖了考古学、人种学、哺乳动物学、昆虫学、鸟类学、脊椎动物学和古无脊椎动物学、河流和溪流生态学，收藏也是种类多样，让人目不暇接。博物馆的藏品可达 175 万件，固定展览分为 7 大项，即恐龙和化石展览（世界级化石是这里的镇馆之宝）、人体展览、实验展览、收藏展览、密西西比河展览、后院展览和科学展览，在此，人们既可以了解人类的身体结构，还可以获得相关的学科知识等。另外，在博物馆大厅一侧有一个穹形巨幕影院（Omni IMAX），轮换放映不同题材和内容的影片。碰巧我们参观的这一天放映的是北美铁路的建筑史，时长 40 分钟，极具立体感的球形天幕把观众带入亦真亦幻的场景中，观众犹如身临其境，坐在火车上穿行在落基山的莽莽大山之中，时而是色彩斑斓的秋季，时而是冰天雪地的寒冬，时而有碧波浩渺的湖泊近在眼前，时而与威严耸立的雪山擦肩而过。这段影片让我重温了两年前和家人自驾加拿大西部时穿行在落基山最美丽的班芙国家公园、幽鹤国家公园、贾斯伯国家公园等五大国家公园里的经历，这样的情景再现让我激动不已。

第三站是颇具地方特色的磨坊城市博物馆（Mill City Museum）。磨坊城市博物馆坐落于明尼阿波利斯市具有历史意义的密西西比河滨河区，建立在曾经是世界最大的面粉厂遗址上。

当年的磨坊大概有九层高，但由于失火变成了废墟。改建为博物馆时选择了钢筋玻璃结构，有种凛冽的碰撞美。磨坊城市博物馆给游客设计的导览非常特别，会带着游客乘坐工厂机器用的开放式电梯穿过磨坊的每个楼层，讲解每层的作用和面粉的制作流程。电梯上下移动楼层时，我们可以看到当初工厂的运营情景，有工人交谈的声音，机器运作的模拟，还有影片穿插其中。在九楼，可以看到1878年工厂发生尘爆后留下的痕迹，从这里也可以眺望密西西比河和石头拱桥。另外，博物馆随处可见的图片和各种实物，讲述着当年人们如何利用密西西比河作为驱动机械的动力磨出面粉，讲述着磨坊的兴衰变迁和历史沿革，以及这些变化如何影响明尼阿波利斯的商业发展。在其中一个展区，一位老人装扮成当年对发明粉尘除尘机做出重大贡献的历史人物，绘声绘色地讲述当年发生的故事和爆炸事故。在这座磨坊城市博物馆，游客可以了解有关明尼苏达州面粉工业、河流和城市的曲折历史。博物馆给人们留下的是与面粉有关的城市记忆，也折射出被科技浪潮所推动的时代发展轨迹。

第四站是坐落于圣保罗市中心的明尼苏达历史中心（Minnesota History Center）。明尼苏达历史中心成立于1993年，既是博物馆，也是图书馆，为明尼苏达州最佳公共建筑之一，是一个了解明尼苏达州"前世今生"的好去处。明尼苏达历史中心的展览分为固定展览和临时展览，展出明尼苏达历史协会所收藏的关于明尼苏达州的相关历史物品，非常有地域特色。馆内的收藏包括不同时期的照片、信件、地图、书籍、记录、旗帜、绘画、服饰等。也许是对明尼苏达州历史上欧洲移民的生活方式感兴趣的缘故，我在明尼苏达州不同历史时期的家居陈设前驻足良久，细细体味着时代发展给家居生活带来的变化。另外，20世纪60年代嬉皮士服饰也给我留下了深刻印象，喇叭裤、太阳镜等标志性的嬉皮士服饰把我带回到中国改革开放的80年代记忆中。历史中心的第二层为明尼苏达历史协会的图书馆，为明尼苏达历史协会的成员和图书爱好者提供学习和提升自己的空间。据工作人员介绍，明尼苏达历史中心也会承办演唱会、演讲、会议、政治活动、婚礼等活动，真正实现了场地的有效利用。

在完成既定的博物馆参观计划后，距离晚餐还有一点时间，Godwin又不辞辛苦地带我参观了他的母校校内的魏斯曼艺术博物馆。这是一个教学博物馆，专门陈列20世纪的艺术品和当代艺术品，外观造型极具特色。走马观花式粗略欣赏之后，已到闭馆时间。巧的是，我的大学同学，现任中央美术学院图书馆副馆长的王春晨博士恰巧正在魏斯曼艺术博物馆举办他父亲姬子先生的国画展，匆忙间能一览国画大师的画作真是不虚此行。

明尼苏达大学魏斯曼艺术博物馆

明尼苏达州，艺术家的摇篮

转眼来到明尼苏达州已经三个月了，除了日常的教学工作，我还有幸在学院的剧院观看了两场由音乐系组织的室内音乐会和一场由戏剧系教授指导的舞台剧。舞台剧是我的好朋友 Blayn 先生导演的，剧名叫作 "Boy friend"（男朋友）。

演出在学校的小剧院，该剧讲的是二十世纪二三十年代四个少女的故事，其中三个有男朋友，一个没有。没有男朋友的女孩渴望有男朋友，当别人问起的时候，总说自己有男朋友。一天，送邮件的邮差让女孩萌生爱意，只因自己是富家女，而邮差是个穷小子，门不当户不对，内心很矛盾，不愿意将他介绍给自己朋友认识。后来经过多重巧合，她终于发现自己心仪之人原来只是假扮邮差，本身也是富家子，最后两人终成眷属。故事情节虽有些老套，但学生演员们的劲歌劲舞和语言表现力仍给我留下了深刻印象。

让我感慨的是，一个社区学院尚且能够提供如此丰富的艺术资源，可想而知，文化底蕴浓厚的明尼苏达州在艺术领域里会有着怎样的非凡成就。

首先，明尼苏达人热爱音乐名不虚传，城市的每一个角落都充满着曼妙的音符。全世界拥有两个国际级管弦乐队的城市只有6个，双子城就位列其中：明尼苏达州管弦乐团和圣保罗室内管弦乐队，前者是美国负有声望的乐团之一，后者是全美唯一全职专业室内管弦乐队。明尼苏达州著名的乐队和音乐团体有：大双城青年交响乐团、明尼苏达巴赫社团、美国作曲家论坛、舒伯特俱乐部和彻达文化中心，其中彻达文化中心被誉为世界音乐最佳场所。明尼苏达州还有很多蜚声全美的舞蹈团体和合唱团。另外，明尼苏达州每年都举办大型的音乐节，单单现场爵士乐表演在双子城每年就多达3 500次。在夏季，每周都有免费的湖边、河边户外音乐会，我和学生就曾经去观赏过密西西比河大坝公园举办的户外音乐会。在公园美丽的景色中，本地乡村音乐歌手和乐队为观众带来长达1.5小时醋畅淋漓的表演。

ARCC 音乐系举办的室内音乐会

明尼苏达州也是众多全球知名艺术家的故乡，比如鲍勃·迪伦（Bob Dylan）和王子（Prince Rogers Nelson）。1941年出生于明尼苏达州的音乐巨匠鲍勃·迪伦被认为是 20 世纪美国最重要、最有影响力的民谣、摇滚艺术家，并被视为 20 世纪 60 年代美国民权运动的代言人。他让音乐真正变成表达人生观和态度的一个工具，其颇具创造力的作品为美国文化甚至世界文化做出了贡献。2016 年，鲍勃·迪伦获得诺贝尔文学奖。明尼苏达州北部城市杜鲁斯是鲍勃·迪伦的出生地以及童年的摇篮，歌迷可以在这里寻找名人足迹，了解偶像不为人知的故事。

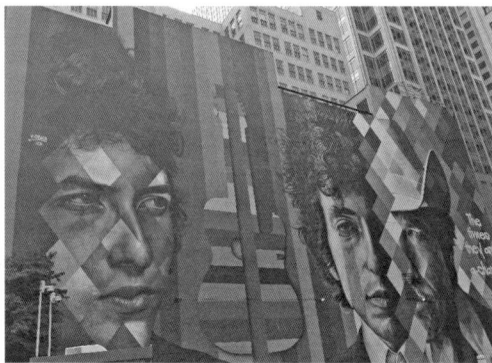

鲍勃·迪伦街头画像

另一位"殿堂级"音乐人王子既是音乐家、音乐制作人、创作歌手、多种乐器演奏家、作曲家，也从事演员和导演工作。王子是美国流行音乐代表人物之一，他把摇滚、放克音乐和迷幻摇滚融为一体，是 20 世纪 80 年代美国最有创新和想象力的音乐家，也是最有天赋和最多产的音乐家之一，共发行了 37 张专辑，获得了 7 座格莱美奖杯。他的专辑在全球销量超过一亿张，是史上较为畅销的音乐艺术家之一。他兼任过美国华纳兄弟唱片公司副总裁，遗憾的是王子在 2016 年因病去世，年仅 57 岁。在明尼阿波利斯，人们可以参观王子曾经表演过的俱乐部和他曾演出的场所，每一个舞台都记录着他传奇的音乐历程。甚至旅行社还会专门安排旅游巴士沿着王子的足迹游览整个城市，使旅客感受其音乐的魅力。

除音乐外，明尼苏达州还可提供多种多样的其他艺术形式供人们选择，比如晚宴剧场的演出、即兴表演、舞蹈表演等。明尼苏达州的各种剧院多达 440 家，其中 75 家为专业剧院。著名的格斯里剧院（Guthrie Theater）可以提供三种不同类型的舞台，是纽约百老汇以外的地方剧院的先驱。明尼阿波利斯拥有的剧场多于除纽约之外的美国其他城市。美国最古老的移动剧场"原木剧场"（Old Log Theater）和最大的"钱哈森晚宴剧场"（Chanhassen Dinner Theater）均设在明尼阿波利斯。在圣保罗，明尼苏达歌剧院（Minnesota Opera）和圣保罗室内乐团（Saint Paul Chamber Orchestra）以弘扬明尼苏达州丰富的艺术文化和遗产为己任，儿童剧院（Children's Theater Company）上乘的演出也赢得国际社会的关注。

明尼苏达剧院的火爆还体现在剧院所创造的经济效益上。根据一项关于"创造活力指数"的调查，明尼阿波利斯和圣保罗的剧院在全国排名第五。双子城各种剧院的从业人员数量高达 2 万，双子城的剧院公司人均收入是全国平均的 14 倍，2014 年双子城的剧院为地方经济贡献了 8.3 亿美元。除剧院外，明尼苏达州电影院的数量也很可观，仅明尼阿波利斯一个城市就有 30 多个电影院，人均座位在全美各大城市中排名第二。

别开生面的植树节

学校的左侧是一大片草坪，学院打算于 10 月 13 日这一天在草坪区进行一次植树活动，两周前就已在公共邮件系统通知教职工自愿带学生参加。植树节起源于美国的内布拉斯加州，从 1872 年开始迄今已有近一个半世纪的历史，现在几乎每个国家都有植树节。在美国，植树节只是一个州定节日，没有全国统一规定的日期。每当植树节到来，以学生为主的社会各界人士组成植树大军，齐齐投入植树活动。现代的美国，树木成行，林荫载道。据统计，美国有 1/3 的地区为森林树木所覆盖，这个成果同植树节活动的广泛推广是分不开的。

植树活动定在当天 12：00—13：00。我约了学生 Nick 和同事 Rita 一同前往。植树前有一个启动仪式：首先一组学生手持打击乐器开始演奏背景音乐，另一组学生在戏剧系老师的带领下进行与树有关的诗朗诵；然后有人示范种树的过程。参与植树的师生们自愿分为每组 4～5 人的小组，大约分成 8 个小组。我和 Rita、Nick 及戏剧系的一名学生组成一个 4 人植树小组。树坑是预先就挖好的，只需把小树苗放进去，埋土压实即可。各队须给自己的小树起一个名字，我们小组一致认为来自比利时的 Rita 老师给出的名字好听、好记，又有意义——Agepei，在比利时语中是博爱的意思。希望我们的小树 Agepei 能够像我们的学生一样茁壮成长。

植树节留影

Goodwill
——美国慈善旧货连锁店

今天同事 Rita 要去慈善旧货店捐衣物，旧货店或二手店在我们的生活中并不陌生，但专门做慈善的旧货店在中国我还未曾见过，于是我跟着 Rita 一起去看个究竟。从学院穿过一条交通主干道，斜对面有一个只有四家商店的小商圈，Rita 指向那家挂有 Goodwill 店牌的商店告诉我，那就是可以捐旧物的慈善旧货店。Goodwill 即美好愿望，是个名副其实的好名字。

捐赠处一个接待员过来跟我们打招呼，帮忙把捐赠物搬进堆积如山的仓库。看着我疑惑的眼神，他告诉我，所有捐赠品会被工作人员分拣、估价、分类放进货筐里，状况良好的物品会被上架销售，而状况欠佳的物品会被回收，避免作为垃圾被填埋而污染环境。工作人员还给 Rita 开了一张税票，作为今后减税的依据。看到我对此颇感兴趣，热情的工作人员简单介绍了一下 Goodwill 慈善商店的由来。20 世纪初，美国慈善机构借助超市这样一种运作方式，建立了一种新型的慈善运作实体——Goodwill。它是由非营利机构开办的一种免税"公司"，总部设在洛杉矶，分支机构遍布全国各地，并在世界 37 个国家中有其会员。它的主要业务是接受、处理、销售市民们捐赠的旧物，用销售这些物资得到的善款为残疾人、失业者、新移民等弱势群体兴办各种类型的福利工厂、职业培训机构和就业安置场所。一般采用"前店后厂"模式，即前面是慈善商店，后面是捐赠物品的维修处理车间、工厂。原来慈善旧货店是为慈善机构募捐而出售旧货的廉价旧货店。

办完捐赠手续之后，我们进入 Goodwill 门店。即使在工作日，来购物的人也络绎不绝。宽敞的大厅里商品琳琅满目，有衣物、鞋帽、床上用品、灯饰、桌椅橱柜、厨房用具、墙上装饰挂画、书籍、体育用品，甚至还有首饰、乐器和瓷器。看上去全新的上衣只要几美元，质量不错的桌椅、橱柜只要几十美元。如果不是暂时居住在这里，真想把一张售价仅 50 美元且八成新的沙发搬回公寓。最后，我还是花了 5 美元买了一个电水壶。

工作人员介绍说，很多顾客来这里是因为价廉物美，同时也是为了环保，也有顾客买来送给教会和无家可归者。"赠人玫瑰，手有余香"，一件一件旧货聚集起来的能量，为许多人点燃了新的希望。善心善行每个社会都有，但我们的社会目前像这样有序的慈善机制还没有建立起来。因此我在想，我们在创造资本繁华、商业繁荣的时候，是否也能建立这样一种良性的商业模式，让商品尽可能循环使用，在可持续发展和环保的同时尽可能保证低收入群体的福利和公平享受物质的权利。

明尼苏达州的 Goodwill 慈善商店创立于 1919 年，这次的 Goodwill 之行激起了我进一步了解明尼苏达州慈善事业的想法。明尼苏达人以豪爽、慷慨著称，从一些慈善数据便可知这绝非虚言：第一是志愿者，超过一百万的明尼苏达人每年用于志愿服务的时间平均为 40.4 个小时，占 16 岁以上人口的 34%，志愿者总人数在全国排名第三。第二是以企业和个人名义创立的慈善基金会，早在 1976 年，在几位大公司 CEO 的倡议下，明尼阿波利斯市商务部成立了一个特殊俱乐部，叫作 5% 俱乐部，要求各大公司将税前利润的 5% 用于慈善，之后一些小公司就成立了 2% 俱乐部。这在当时可是大手笔，因此，《纽约时报》称明尼阿波利斯市为"乐善好施翡翠城"。

明尼苏达州目前有 1 450 家注册的慈善机构，47% 的善款来自大公司的慈善基金会，36% 来自家庭和个人基金项目，17% 来自社区基金会。2015 年，前 50 家基金会和公司共捐出善款 13 亿美元。明尼阿波利斯基金会是全国历史最悠久的基金会之一，资产金额在全国社区基金会中排名第 25 位。明尼苏达妇女基金会创立于 1983 年，是全国第一家致力于妇女平等的私人基金会。作为"超级碗"名人堂名人及明尼苏达州最高法院前法官的阿兰·沛知，在 1988 年建立了非营利组织"沛知基金会"以帮助少数族裔的学生实现梦想，迄今已捐善款 1 300 万美元。非营利组织在提高明尼苏达人生活质量方面，比如社会服务、教育、健康、艺术等各领域起到了极其重要的作用。目前，明尼苏达州注册的非营利组织接近 5 万个，非营利组织所雇佣的员工人数在明尼苏达州劳动力中占 11.5%，在全国排名第九。全国第二大零售商——总部位于明尼苏达州的塔吉特（Target）——每周回馈社会金额高达 400 万美元。还有一件体现爱心的事：明尼苏达人器官捐献在全美排名第一。一个仅有 560 万人口的内陆州有着如此耀眼的慈善成就，可见明尼苏达人的慷慨豪爽名不虚传，慈善理念在当地已深入人心。

我和 Patty 参加过一次"福轮"俱乐部（Rotary Club）组织的义卖晚会，义卖品全部是捐赠品。它们分为两类，一类是有专人负责叫卖的"现场拍"（live auction），由大家举牌竞价；另一类是摆在后台长桌上的"静拍"（silent auction），人们可以在拍品旁（实物）的纸片上写上自己的竞价，最后价高者得。令我感到惊奇的是"现场拍"的大部分拍品不是实物，而是诸如抢手的球票、度假酒店优惠券、购物券等非实物拍品，最令人称奇的是明尼苏达州的联邦议员捐赠的一面美国国旗，这面国旗曾在华盛顿国会大厦前飘扬过，但最后只以 300 美元成交。Patty 告诉我，这样的义卖活动在明尼苏达州有很多，每次所得善款都用于专项慈善，专款专用。参加这次活动让我对这里的慈善事业多了一份切身感受。

金秋时节明州小镇探幽

步入金秋十月，秋高气爽，秋意渐浓，静立北疆的明尼苏达州迎来了一年之中最美丽的季节。从10月初开始，漆树、黄杨、山毛榉等率先以深红、鹅黄的色彩拉开了秋的序幕；随后，糖枫、红枫等上百种枫树也慢慢地由黄色、橙色转变成红色，与交织其中的绿松、杉树共同谱写出秋的主旋律。到了10月中下旬，这些如马赛克般红的、黄的、橘红的、金黄的色彩掩映在碧水蓝天之间，美景如此，让人不由得惊叹造物主的鬼斧神工。这个季节乘车而行，仿佛在水彩画中走过。湖畔、河边、路旁，到处都被枫叶和变叶木染成绚丽的红色，形成"霜叶红于二月花"的美丽景观。

在这秋枫十月、红叶香里的季节，我和Patty周日驱车前往位于双子城北郊与威斯康星州交界处的泰勒瀑布小镇（Tailor Falls），于大自然中寻求心灵的放松和精神的愉悦。沿途，红枫处处，景致迷人。在这晴朗的秋日，我们驾车自由驰骋在如此景致的公路上，仿佛是那片片枫叶在为我们带路，怎不叫人心醉沉迷？我们的车宛如在画中游，窗外一会儿是小镇风光，一会儿是一大片绿油油的农田、畜牧场和白色房舍，而更多的是红色、金色交织的密林。原本一个小时的车程，由于我时而下车驻足观赏、拍照，竟用了两个小时才到达。

泰勒瀑布小镇秋色

泰勒瀑布小镇位于明尼苏达东部的芝沙哥县（Chisago），由19世纪中叶从芝加哥所在的伊利诺伊州迁移而来的瑞典人而建，是明尼苏达州最古老的小镇之一。我的学生 Nick 的奶奶就出生于这个著名小镇，小镇人口还不到 1 000 人，但拥有无数历史悠久的古老建筑，比如始建于 1852 年的明尼苏达州最古老的公立学校和前监狱房子。小镇位于圣克劳伊（St. Croix）河畔，与威斯康星州仅一河之隔。河畔的小山岩壁之间，是亿万年前冰河时代留下的自然遗迹，幽深的炉状岩洞，只留头顶巴掌大天空的岩间缝隙。陡峻的森林和高高的峭壁矗立在两岸，无论划船、乘坐独木舟、骑自行车，还是登上优越位置，都能看到独特的景色。由于枫叶分布在河谷底部、山腰和山顶不同的位置，河谷内的温差将枫叶由浅到深变成不同的颜色，漫山遍野的枫叶勾画出层层美景，与河水互相衬托、互相渲染，美不胜收，因此，深秋的泰勒瀑布小镇成为明尼苏达州最受欢迎的小镇之一。

圣克洛伊河畔风光

我们来的这一天秋高气爽，阳光明媚，因此游客也格外多，大家都想尽情享受这一晃而过的短暂金秋。漫步于林间小路，我们边谈笑，边欣赏目力所及的枫叶飘飞，漫山红遍，层林尽染。还有那一地黄红相间的落叶，衬着一侧的长河流水，倒正应了古人词中"碧云天，黄叶地，秋色连波，波上寒烟翠"的旧句。

走访老年公寓，了解美国人的养老生活

由于中国人口老龄化趋势越来越明显，"养老金与退休后的生活保障"问题，已经成为民众和政府不得不直面的一个重大课题。在我住的 Robinwood 公寓附近有一栋崭新的老年公寓大楼（Senior Apartment），每天我都会看到几位老人坐在路边的台阶上聊天、晒太阳，我想借机了解一下美国人的老年生活。一次，我和其中一位名叫 Don 的老人聊了起来。Don 是位退伍军人，由于曾经负伤，腿有些残疾，因此自行车便成了他形影不离的伙伴。Don 看我对这座公寓大楼颇感兴趣，便带我进公寓参观。

由于是近几年政府建造的新楼，公寓里面的装修和设施很高档，像高级宾馆一样，健身房、手工室、电视室等一应俱全。比我居住的 Robinwood 公寓条件要好得多，令人感慨万千。Don 告诉我，这种老年公寓的入住条件是 55 岁以上的低收入者，符合条件入住的人每月只需缴纳自己月收入的 1/3 左右，所以每个入住者缴纳的租金也不一样。Don 的月收入只有 1 000 美元左右，因此月租金是 330 美元，这让我既惊诧又羡慕，实实在在感受到了何谓"老有所依"。目前，中国养老问题的现状和这里形成了鲜明对比，也促使我去查阅相关资料，对美国人如何养老以及政府如何通过社会福利手段辅助养老做一个深入了解。

环境舒适、设施完善的老年公寓

在美国，根据老年人的健康和经济状况，会有不同类型的老年社区为老年人提供住房和相应的配套服务。有高档社区，也有政府资助的廉价公共福利房。高档社区有游泳池、高尔夫球场、台球厅、网球场、瑜伽馆、健身房等，老人们可以在教练的指导下安全锻炼。有些社区还有农场，供有此类爱好的老年人享受田园自助生活。有些社区还充满艺术气息，如组织赏花活动，周末车接车送听交响乐、举办读书会、观影等。社区逢年过节安排了各类宴会，老人们玩得不亦乐乎。社区收费按市场价格，有的社区有很高的入门费（有的高达 30 多万美元）及每月一两千美元的月租费。生活在这样的社区是很多美国人的梦想。这里主要介绍几种为低收入老年人提供政府资助的廉价公共福利房：

55 岁以上老年社区（55 + Lifestyle Community）：这种社区的

住房需要老年人以购买、租赁等方式入住。社区提供各种休闲服务并组织社交活动，丰富老年人的退休生活。我所参观的就属于这一类老年公寓。

独立生活老年社区（Independent Living Community）：这种社区是为生活能够自理的老年人提供的，基本不提供医疗服务。但每户都装有紧急求助按钮，一旦按响，社区专业救护人员会在几分钟内赶到。对于那些身体状况不佳的老人，社区会为他们及护理人员配置随身呼叫机或无线定位设备，用于随时接收求助信息，确保老人安全。有的社区会提供休闲、运动以及俱乐部等活动和场所，也有的提供洗衣、饮食、交通等服务。

助理生活老年社区（Assisted Living Community）：这种社区是为日常生活需要一定帮助但不需要专门医疗护理的老年人提供的，除了提供同独立生活老年社区类似的环境外，还提供辅助性专门服务，如穿衣、梳洗、洗澡等。根据服务种类和住房的大小，各社区的收费也各不相同。

专业护理老年社区（Nursing Homes）：这种社区是为需要二十四小时专业护理的老年人提供的，社区按日或者按月收费，它的特点是社区内有医护人员随时提供医疗服务。标准服务包括提供带家具的整洁房屋、打扫房间和换洗床单、遵医嘱制作餐饮、专业训练的医护人员等。还有一些其他的服务可以通过额外付费获得。

55岁以上老年社区、独立生活老年社区和助理生活老年社区这三种老年社区为低收入的老年人提供政府资助的廉价公共福利房。公共福利房是由联邦政府提供资金并由美国住房和城市发展部（Department of Housing and Urban Development，简称 HUD）负责计划开发、修建和管理，主要是为满足条件的低收入家庭、老年人以及残疾人提供安全体面的租房。在我看来，这样的廉价公共福利房的条件堪比高档公寓，让人羡慕。目前，全美有 120 万家庭居住在这样的廉价公共福利房，由全国各地的福利房代理机构来管理。

不过只有低收入的家庭和个人才有资格申请公共福利房。申请人可在不同的地区选择公共福利房，然后向管理这个住房的福利房代理提出书面申请。福利房代理会根据申请人的年收入和其他条件判断其是否满足申请条件，例如是否为老年人、残疾人或低收入家庭，以及是否为美国公民或具有合法的移民身份等。公共福利房的租金通常由申请人的家庭收入决定。通常福利房代理会有一个规定的最低租金，介于 25～50 美元。有一定收入的申请人的租金可能是月收入的 10%，或者调整后（去掉被供养人的开销和医疗开销等）月收入的 30%。

感恩节

——美国人的"中秋节"

感恩，是世间最美好的两个字。11 月的第四个星期四是美国的感恩节（Thanksgiving Day）。感恩节是美国人民独创的一个古老节日，如果把美国的圣诞节比作我们的春节，那么感恩节就是美国人的"中秋节"，是合家欢聚的节日，对一些美国人来说，是比圣诞节还要重要的节日。受 Patty 夫妇之邀，远离故乡的我在这一天去她家与他们一家人共度感恩节。

Patty 的家是一座典型的美国中产阶层居住的独立屋，地上两层、地下一层以及一个容纳两台车的车库，前后花园，后花园尤其漂亮，绿树、池塘、草坪……一楼有两个起居室，还有厨房、餐厅和卫生间，起居室分为两个区域，客人多的时候可以互不干扰。餐厅是单独一间，大长条桌旁可以坐得下至少 10 个人。二楼有四个卧室和两个卫生间。地下室是近年装修的，地板砖、地毯、壁炉壁画、家具极为讲究。车库的墙上挂着各种工具和两台自行车，居然还挂着一个独木舟！明尼苏达州的房价相比其他各州属于中等偏低水平，买这样的一套房子目前大约需要 40 万美元。而明尼苏达州的家庭平均年收入为 7 万美元左右，在大学工作的 Patty 和曾在明尼苏达州著名企业 3M 公司工作的 Richard 两人年收入超过 15 万美元，这样的房子对他们而言并无多少负担。Patty 和 Richard 有两个女儿，大女儿 Sara 大学毕业已工作，小女儿 Meghan 是明尼苏达大学大三学生。Richard 和前妻育有两女一子，Richard 已是两个孙女的爷爷了。

Patty 家的后院风光

感恩节的晚宴是美国人一年中最重视的晚宴之一，烤火鸡是感恩节的传统主菜。烤火鸡的做法通常是往火鸡肚子里塞上各种调料和拌好的食品，整只放入烤箱，直至鸡皮被烤成深棕色。当我到达时，Richard 正把烤好的火鸡用刀切成薄片。两个女儿已经将餐前小食准备好。Patty 的妈妈 Joan 还从家里带来了已煮好的拿手菜。

感恩节的由来可以追溯到美国历史的发端，起源于今马萨诸塞州普利茅斯地区的早期移民。这些移民是英国的清教徒，他们因不堪忍受英国的宗教迫害，于 1620 年乘着"五月花"号船来到荒凉的美洲，希望能按照自己的意愿在这里自由地信仰和生活。但这一年冬天来临时,他们遭遇了极大的困难,陷入生存危机,当地的印第安人送来了生活必需品,还特地派人教他们怎样狩猎、捕鱼和种植玉米、南瓜。终于,在印第安人的帮助下,移民们在1621年的秋季获得了大丰收。11月的某一天,他们邀请印第安人欢聚一堂,点起篝火举行盛大宴会,将猎获的火鸡制成美味佳肴盛情款待印第安人,并虔诚地向上帝献上感恩与感谢。摔跤、赛跑、唱歌、跳舞等庆祝活动持续了三天,从此开始了美国独特的节日——感恩节。

初时感恩节并没有固定日期,由美国各州临时决定。直到1863年,林肯总统宣布感恩节为全国性节日。1941年,美国国会正式将每年11月第四个星期四定为"感恩节"。感恩节当天,人们不管多忙,都要争取和家人团聚,一起享受一顿丰盛的节日晚餐。和我们的春节一样,感恩节假期也是美国航空公司最紧张的时候,飞机几乎班班客满。有些城市乡镇会举行化装游行、戏剧表演和体育比赛等,有些孩子还会模仿并穿上当年印第安人的特色服装,画上脸谱或戴上面具到街上唱歌、吹喇叭。同时,好客的美国人也忘不了在这一天邀请好友或背井离乡的人一起共度佳节。

参加感恩节晚宴的有Patty夫妇、Patty的妈妈Joan、两个女儿Sara和Meghan,Sara的新婚丈夫Peter,Richard和前妻所生的两个女儿Anna和Kate,Kate的老公与两个可爱的小女儿Sula和Isabelle,以及Sara家那只憨厚木讷的大狗。极富传统特色的菜肴上桌了:十斤重的烤火鸡和自制卤汁、烤番薯、土豆泥、沙拉、法式面包,两个拿手炖菜,当然还有美味的餐后甜点南瓜派。开餐前，Patty 提议大家一起祈祷，我便随着大家双手合十。祈祷的内容大致是感谢这一天，感谢上帝，感谢家人和朋友，愿美好食物赐予我们力量等。看着他们嘴里念念有词，我心生感动，对这样的仪式深感震撼，在寒冷的冬日里，有这样一个节日，可以让人们说出藏在心底的感谢。当然，在重要的节日晚宴前，美国人通常都要通过祈祷以表达自己的感恩之心。我想，在经历了长期的贫困岁月之后物质生活日益丰富的当今中国，是否也应该有这样一个仪式来表达感恩之心，不忘过去，感恩现在。

Patty 家的感恩节家宴

美国人的亲情观

关于亲情，很多中国人觉得美国人的亲情比较淡薄，但实际上这是因价值观和文化上的差异所导致的误解。多次到美国同事家做客，使我对美国人的亲情有了更多的观察，更深的认识。尤其是好朋友 Patty，每次有家庭聚会，比如生日晚宴、感恩节晚宴、圣诞晚宴等都会邀请我一起参加。美国人的夫妻关系以及与子女的关系有一个共同的特点，那就是家人间的相互尊重。家庭成员之间平等互爱，但界限清晰，夫妻之间的关爱建立在互相尊重的基础上，尊重彼此的意愿；父母尊重孩子意愿，没有对儿女的掌控和束缚。孩子长大以后会很独立，认为理应靠自己打工赚取学费和生活费以完成大学学业。比如，Patty 分别给大学期间的两个女儿支付一定比例的学费，而生活费让她们自理。而我的学生 Jason 则要完全靠自己暑期打工赚学费。相应地，父母也不会期待年老之后靠子女来赡养，当然如果子女在重大节日时回家团聚他们也会很高兴。

对美国人来说，生儿育女一方面给自己带来天伦之乐，另一方面也是社会责任。他们把孩子看作是上帝的礼物，爱孩子，放飞孩子，给他们自由，把孩子自身的幸福和快乐放在第一位，这样的亲情很纯粹。他们全程陪伴孩子长大，孩童时期给他们买各种玩具并陪伴他们，上学之后带他们参加喜欢的运动项目，参加有关训练，陪着孩子去图书馆、看电影，到各地旅游。他们尽可能给孩子提供良好条件，但不求回报。这种充满亲情同时又互相尊重平等的家庭关系背后是他们独特的文化观和价值观，与我们中国人有所不同。

拿 Patty 一家来说，Patty 和老公与他前妻的孩子们相处非常融洽，每次重大节日一家十几口人都会聚餐，其乐融融。作为一家之长，每个圣诞节他们夫妇都会给每个成员准备一份圣诞礼物。两个女儿在上大学之前，几乎所有的周末他们都是陪着大女儿参加足球训练，陪小女儿参加冰球训练，但选择这两项运动仅仅是出于孩子们的兴趣并无任何功利目的。Patty 和 Richard 这对结婚近三十年的老夫老妻，每天依然是频繁通话，报告自己的行踪，大事小情都要征求对方的意见，每天出门时都要和对方拥抱一下。虽然这些只是我看到的细枝末节，但我相信他们家人之间的爱、关心和支持远比我所看到的丰富。

生物系 Peggy 老师的先生在明尼苏达州南部拥有一个规模不大的农场，周末他们常常带两个儿子去农场干活，11 岁的大儿子 Rowen 已经能够熟练驾驶大型的拖拉机，这在我们中国人看来简直太不可思议，如果不是生活所迫，中国家长哪里舍得让这么小的孩子做这种看似危险的事呢！但美国人从小就锻炼孩子积极地参与家庭事务，长大后自然会轻松地管理好自己的学业和生活。

开拖拉机的小帅哥——Rowen

　　反观中国和海外的华人圈，依然有相当数量的父母把养孩子当作是一种投资行为，把孩子长大以后是否孝顺放在很重要的位置，同时根据自己的价值观，把孩子成年以后所得到的职位的高低和金钱的多少作为衡量成功与否的标志，不尊重孩子意愿和个性发展，因此才会出现"虎妈"和"狼爸"现象，用严厉的管制手段促使孩子取得学习上的成功，作为将来获得地位和金钱的手段。尽管海外华人早已不需要子女为自己养老，但根深蒂固的观念使得不少华人依然将学习成绩的提高凌驾于良好品格及兴趣的培养之上。而由于价值观的差异，"狼爸"和"虎妈"是不可能在美国家长中出现的。他们也很在意孩子的学习，但不会强迫孩子考一个好成绩，更不会按照自己的好恶来教育孩子，也不会指望孩子长大以后赡养自己。在他们看来，如果孩子具备自信、独立思考和独立生活的品质和能力，就会有健康快乐的人生，而幸福和快乐是第一位的。关于家庭的价值观，我的文化课学生在作业中也表现出同样的态度：他们认同中国文化中重视家庭、尊老爱幼的价值观，但不认同家长对孩子管控太多、剥夺他们自由的做法。他们不喜欢"集体主义"这个概念，认为个人的自由和权利更重要。

堪比中国"春晚"的美国"超级碗"

2018年2月4日，一场堪称旷世经典的顶尖比赛，让全世界的橄榄球迷都记住了"明尼苏达"这个名字，也让这块寒冷的北疆之地逐渐走进人们的视野。美国年度盛事——第52届NFL职业美式足球冠军战超级杯（Super Bowl）决赛在明尼阿波利斯市美国银行体育馆（US Bank Stadium）举行，这是继1992年明尼苏达州举办超级杯美式足球赛决赛以来，时隔26年第二次主办"超级碗"，也是史上气温最低的"超级碗"。作为全美甚至是全球顶级的赛事，"超级碗"每年都会吸引几亿人收看，也因此被中国人称为美国的"春晚"。对美国人而言，"超级碗"的决赛已经超越了体育，而成为由竞技体育之王引发的狂欢盛事。

为了迎接这一全美最受瞩目的赛事，明尼苏达人充分展示了自己的冰雪特色：开赛的前一周，明尼阿波利斯市区中心已开始了各种预热活动，滑雪场地被搬到市中心最繁华的街道，奖杯以冰雕的形式展示，带给各地来观看比赛的观众不同于往届的冰雪风情。市区最低温度达 −25℃，但严寒仍挡不住人们的热情，巡游、小型滑雪赛、图片展、现场音乐会等吸引了大量的观众参与或观看。中国当红流量小生吴亦凡就曾出任 NFL 第 52 届"超级碗"推广大使，在开赛前一天"超级碗"现场预热活动中倾情献唱。如果把"超级碗"预热活动看作开胃菜，那么真正的重头戏就是开赛后的中场秀，只有处于职业巅峰期的歌手才有机会受到邀请。"超级碗"中场休息仅有 12 分钟的时间，这"黄金 12 分钟"会留给艺人进行唱跳表演，谁能登上"超级碗"中场秀的舞台，无异于被贴上"世界巨星"的认证标签。这次"超级碗"的中场大秀是曾在 2004 年"超级碗"中表演过的美国当红巨星贾斯丁·汀布莱克（Justin Timberlake），他不负众望，为观众奉献了一场视听盛宴。

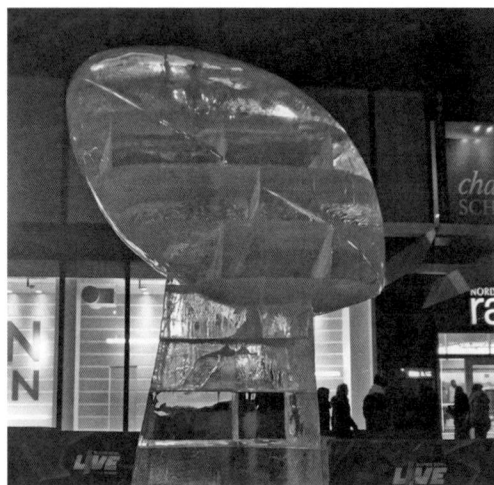

市区中心"超级碗"橄榄球冰雕

举办这场顶级赛事的美国银行体育馆，场内设施也是顶级的。体育馆中有 131 个套房和 8 200 个观赛包厢，而且在比赛场地边上也有小包间，能让球迷们近距离地感受比赛的气氛。当然，票价也是"顶级"的。最低级别球票的售价在 4 500～5 000 美元，最佳位置的票价高达 66 650 美元。价格高得离谱的并非只有票价，早在开赛前的一个月，整个城市甚至包括市郊的酒店就已经被订满，明尼阿波利斯市的一家华美达酒店（Ramada hotel）的一间大床房就要 900 美元/晚，比平常的价格高出了 10 倍。普通的美国人无法承受如此高的票价，许多人来到双子城并非前往现场观赛，而是在举办地住上几晚感受一下"超级碗"的热烈气氛。有趣的是，同事 Patty 将自己的家作为民宿（Airbnb）以每晚 500 美元的价格租了出去，虽然给自己的生活带来了些许不便，但两晚 1 000 美元的收益还是很值得的。

明尼苏达维京人主场——美国银行体育馆

"超级碗"能在明尼苏达州举办，与明尼苏达人对体育的热爱以及这里充足的体育场馆和设施密不可分。比如，明尼苏达州参与冰球训练的儿童人数高达 5.5 万。明尼苏达州拥有高尔夫球场 475 个，居全美之首。明尼苏达人热爱的运动项目包括美式足球、冰球、篮球、棒球、高尔夫球。全美四大职业体育联盟在明尼苏达州都有自己的职业球队。明尼苏达州的橄榄球职业球队是明尼苏达维京人队（Minnesota Vikings），这是明州一支传统橄榄球强队，曾 18 次赢得分赛区冠军，4 次杀入"超级碗"，但都铩羽而归。明尼苏达棒球职业球队（MLB）是明尼苏达双城队（Minnesota Twins），曾于 1961 年、1987 年和 1991 年三次获得世界大赛的冠军，在这里有着极高的人气。明尼苏达州的篮球职业球队（NBA）是明尼苏达森林狼队（Minnesota Timberwolves）。作为全美对冰球最狂热的州之一，这里自然有自己的冰球职业球队（NHL）——明尼苏达野人队（Minnesota Wild）。

明尼苏达森林狼队队标　　　　　明尼苏达维京人队队标

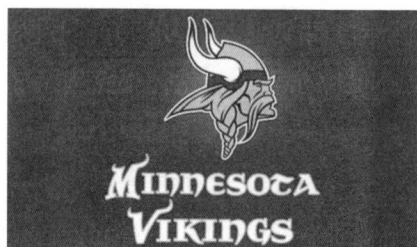

　　下面一组数字充分说明了明尼苏达州强大的体育实力。根据《体育健康》杂志，就体育队数量、体育酒吧、体育用品店和体育设施而言，明尼苏达州在全美排名第一。体育基础设施完备，2000 年以来，明尼苏达州用于体育设施和场馆的投资高达 25 亿

美元。明尼苏达维京人美式足球队的新主场——美国银行体育馆，共花费 12 亿美元于 2016 年落成，可容纳 6.6 万观众，成为全美最大的体育馆之一。建于 2010 年的塔吉特体育场是明尼苏达双城队的主场，花费 4.25 亿美元，可容纳 4 万观众。塔吉特中心花费 1.28 亿美元，是明尼苏达森林狼队的主场。Xcel 中心是明尼苏达冰球俱乐部野人队的主场，落成于 2000 年，花费 1.7 亿美元。明尼苏达大学 TCF 体育馆落成于 2012 年，投资 3.35 亿美元，可容纳 52 525 名观众。位于圣保罗市郊的布雷恩市拥有世界最大的体育建筑群——国家体育中心。由此看来，双子城有着密集度极高且设施齐全的体育场馆，申请举办奥运会也不是一件难事。

再来看看近两年明尼苏达州举办的顶级赛事。2016 年，明尼苏达州举办了莱德杯高尔夫球世界锦标赛（高尔夫球顶级赛事），参加人数多达 5 万。2018 年 2 月 4 日，第 52 届 NFL 职业美式足球冠军超级杯决赛在明尼阿波利斯市美国银行体育馆举行。2018 年 7 月，美国银行体育馆举办了第 2 届 ESPN 世界极限运动会，并于 2019 年 4 月 6 至 8 日举办"美国大学春晚"NCAA 篮球最终四强决赛。

热爱体育运动的明尼苏达人有着非常健康的生活方式，80% 的明州人口每天平均运动 0.5 小时，健身指数全国排名第二。明州人尤其热爱户外运动。在夏秋季，打猎、钓鱼、野营、划船（以独木舟为主要形式）和滑水（1922 年明尼苏达人发明）是许多明州人非常喜欢的业余活动。由于河流湖泊众多，明尼苏达州成为个人拥有船只（须有牌照）的第三大州。在冬季，明尼苏达州以其多样的雪上运动而闻名于世，不论是体验狗拉雪橇狂奔的快感，或是让人热血沸腾的滑冰和滑雪，还是悠闲惬意的冰钓，体验户外探险的雪靴徒步，都是漫长冬季里明尼苏达人喜爱的运动。冰钓这种特别的钓鱼方式是明尼苏达州历史最悠久的传统运动之一，尤其是早期斯堪的纳维亚的移民很喜欢这项运动。世界上规模最大的冰钓大赛就在这里举行，一年一度，首次举办是1991年，迄今已有28年的历史。每年冬天，成千上万个渔屋就建在冰冻的湖面上，将几百公里长的冰层变成一个松散连接的临时繁华城镇。近年来，感受雪地上自由驰骋的雪地摩托车成为明尼苏达人的又一大爱好，明尼苏达州共拥有25.8万辆雪地摩托车，拥有量居全美第一，雪地摩托车道超过3.5万公里。许多家庭在明州的中部或北部的森林和湖泊边上拥有或分有一座小木屋，用来周末和假期时度假。

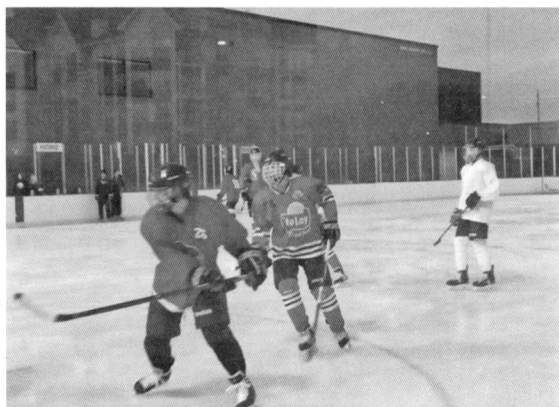

在"冰球"中心练习的孩子们

根据联合健康基金会（United Health Foundation）发布的报

告，在2017年度美国健康排行榜中，明尼苏达州排名第六，在中部各州中排名第一。此项报告是依照世界卫生组织对健康的定义，并根据健康行为、社区与环境、健康政策、临床医疗和健康结果等元素来评分。

明州参议员 Jerry Newton 的多彩人生

　　同事 Rita 的先生 Jerry Newton 是明尼苏达州的参议员，2018年时已经 80 岁高龄。初见 Jerry 是在我来到明尼苏达州的第二周，夫妇俩请我去红龙虾餐厅吃饭。已到耄耋之年的 Jerry 依然精神矍铄，双目炯炯，思路清晰，说话睿智幽默，没有任何老态。和我们的价值观不同的是，美国人没有养生的概念，对老年生活也无过多的忧虑。美国对退休年龄并无强制性的限制，何时退休取决于自己的身体状况和愿望。因此，在我们 ARCC，70 多岁依然坚守岗位的老师大有人在。

　　Jerry 比 Rita 年长 17 岁，有着极其丰富的人生经历。1938 年，Jerry 出生在明尼苏达州一个古板、贫穷的瑞典裔农民家庭，年轻时在火车站干过几年装卸货的体力活。参军之后 Jerry 被派往越南服役，即便是在危险系数不那么高的情报部门工作，Jerry 还是见证了越南战争的残酷。后来被派往土耳其工作了长达十年之久，并在那里结婚生子。第一次婚姻破裂之后的 Jerry 在比利时游历时遇到了学生时代的 Rita，两人一见钟情。1979 年，Rita 跟随 Jerry 来到他美国的家乡明尼苏达州。回到家乡的 Jerry 经营过食品店、当过大学老师，也在政府部门工作过，在 75 岁高龄时自筹资金竞选明尼苏达州众议员，并成功当选，实现了他多年来的政治抱负。州众议员的任期是两年，届满之后 Jerry 竞选连任失败，又回到 ARCC 做兼职老师。2017 年，年近 80 岁的 Jerry 老当益壮，又自筹资金 9 万美元竞选明州参议员，终于如愿以偿。

与美国联邦政府一样，明尼苏达州的权力分为立法、执法和执行三个部分。执行机构的首长是明尼苏达州州长，目前担任州长的是 2011 年 1 月 3 日上任的民主党人士马克·代顿（Mark Dayton）。州长的任期为四年，这是他的第二个任期。明尼苏达州的立法机构由参议院和众议院两院组成，全州分 67 个选区，每个区约有 6 万居民。每个选区选一名参议员和两名众议员，因此，参议院有 67 位议员，众议院有 134 位议员。参议员当选后任期四年，众议员任期两年。

Jerry 参议员代表的选区是 ARCC 的所在城市库恩·拉皮兹。作为参议员，他的工作安排分为两类：一类是接待选区内的企业或个人，倾听他们的诉求；另一类是走访选区的企业、学校和其他组织。认真负责的 Jerry 每天都有满满当当的工作日程，对库恩·拉皮兹市的人口、学校、新办企业、产业结构等各个领域和各项指标如数家珍。听着他自豪地介绍，我的内心充满了深深的敬意。这样一位有着很高政治地位的老人对工作的热爱、敬业和亲民让我深感敬佩。从他的身上，我看到了权力制衡之下的政商关系，也看到了政府服务于民的本色。

2 月 7 日，Jerry 邀请我和我前来明州探亲的先生去明尼苏达州议会大厦参观他工作的地方。我们兴奋并忐忑着，坐在老先生的车里，看着他像年轻人一样在仍有积雪的路上疾驰，听着他对道路和周边建筑的介绍，感受着老人对家乡发展的自豪。四十分钟后，我们到达了位于圣保罗市州议会大厦后面的参众两院办公大楼。Jerry一边神采飞扬地和同事们打着招呼，一边向我们介绍办公室位置的轮换规则：因为目前是特朗普总统的共和党执政，共和党议员的办公室位置就面向威严宏伟的议会大厦，而在野的民主党就要在大楼景色稍逊的另一面，很有趣也很现实。参观完议会办公大楼，Jerry还带我们通过长长的地下通道来到了气势恢宏的明州议会大厦。

明州议会大厦坐落在密西西比河东侧的山坡上，与圣保罗大教堂遥遥相对。这是明尼苏达州的第三座议会大厦，耗时九年才完成。议会大厦为圆拱形建筑，外形酷似美国国会大厦，地基、台阶和外墙用花岗岩砌筑，内壁和屋顶用大理石铺就。大厦气势恢宏，雄伟壮丽，堪称当时美国各州议会大厦的典范，得到了全美的注目和赞叹。尽管我曾两次参观过位于华盛顿的美国国会大厦，但是当看到无论是外观还是内部构造和装饰都气势恢宏的明州议会大厦，依然被震撼到了。

明尼苏达州议会大厦

议会大厦设有州参议院、州众议院、州最高法院、州长办公室以及总检察长办公室。从议会大厦的台阶可俯瞰圣保罗市中心的全景。Jerry 简要介绍大厦情况后，就带我们一一参观了一楼的州长会客厅，二楼的参议院会议厅、众议院会议厅和最高法院法庭以及三楼平台上的四拉马车大型雕塑。无论是参议院会议厅还是众议院会议厅，民众都可以坐在三楼的包厢里旁听。

与 Jerry Newton 夫妇在明尼苏达州议会大厦内合影

当我们来到参议院会议厅时，一组游客正在会议厅外听工作人员的讲解，我们也驻足听了一会儿。之后，Jerry 调皮地用他的门卡打开了参议院会议厅的门，留下一脸诧异的游客看着我们走进这"游客止步"的地方。每个参议员都有自己固定的座位，Jerry 座位在第一排，正当我们以为这是长者为尊的安排时，他解释说座位的安排其实是根据资历而来，资历最深的在最后一排，原来年龄最长的 Jerry 在参议院里算是资历尚浅的"小字辈"。富丽堂皇的州长办公室也是游客必到之地，这是州长签署文件、开记者招待会和会客的地方。环顾四周，大厅里既有展现明州投身南北战争的恢宏油画，又有体现明州农业特色的精美雕刻，甚为豪华。在参观最高法院法庭时，墙壁上的四幅油画吸引了我：正面是摩西与以色列尼的画面，对面是古希腊智者舌战群儒的场景，右侧表达的是自由、民主和博爱，左侧是孔子与其弟子坐席而谈的场面。孔子的形象出现在美国的法庭壁画中，令我十分惊讶。看来，人类对先哲的尊崇，无论西东。

从驱车前往议会大厦到参观结束的近四个小时中，80 岁的 Jerry 一直谈笑风生，丝毫看不到疲倦之色，直到老伴 Rita 直喊肚子太饿了，我们才结束了行程。Jerry 几次拍着老伴的手表示歉意，另外，无论是开车还是走路期间，Jerry 不时握握 Rita 的手，用温存的言行传递着对老伴的爱意，这样的场景颇令人感动。参观结束，我们前往圣保罗一家特色餐厅吃晚餐。席间，Jerry 讲述了他是怎样从年轻时的无政府主义者，转变为共产主义者，再到社会主义者，到民主派的心路历程。毫不夸张地说，Jerry 是我在美国接触过的阅历最丰富、最睿智、最精力充沛和最有个人魅力的长者和智者。

与 Jew 教授畅谈明州经济

ARCC 经济系的 Jew 教授已经 70 多岁了，他曾经是明尼苏达州的政府经济顾问，退休之后，不愿意赋闲在家便选择来到 ARCC 教书，继续贡献他的才智。Jew 言辞不多，但简洁幽默、温文尔雅，颇有大家风范。我曾礼貌地问起 Jew 关于中国经济的总体印象，他的回答言简意赅、思路清晰，指出中国最需要防范的是金融领域的风险，尤其是银行问题，对经济领域的深层问题不甚了解的我赶紧止住了话题。

作为州政府的前经济顾问，Jew 教授对明尼苏达州的经济状况了然于胸，对它的产业优势、发展前景有着深刻的见解。Jew 告诉我，明州已经在近十年中年度财政总收入连续超收，这在连联邦政府都负债累累的美国显得极为难得。相比美国各大都市圈，近年来，明州双子城的制造业和工作岗位、就业机会和就业率、平均工资、收入与房价比、专利拥有数量、财政税收等多项关键经济指数都处在美国前列。虽然双子城大都会区的人口在美国各大都会圈中只排名第 16，但凭借良好的基础设施和深厚的人才基础，它拥有的《财富》500 强公司在美国大都会区中排名第五（2017年），紧随纽约都会区、芝加哥都会区、达拉斯都会区和休斯敦都会区。《财富》500强公司中有18家来自明尼苏达州。这么傲人的成绩让我对这个偏于一隅、仅有560万人口的北疆内陆之州刮目相看。另外，还有一个事实也让我吃了一惊：2018年明尼苏达州从中国的进口贸易总额达到124亿美元，为各州之最。如今愈演愈烈的中美贸易摩擦想必会对明尼苏达州的经济带来不利影响。

明尼苏达州地处中西部大平原，土地肥沃，江河湖泊纵横，水资源极为丰富。作为传统农业重地，这里50%的土地是农场，农场数量多达7.5万个，其中一半由职业农场经理人经营。明州的主要农产品有玉米、燕麦、小麦、大豆等，养殖的火鸡，种植的豌豆、大豆、甜玉米和甜菜头产量均居全美第一，猪肉和牛肉产量也居全美前列。2016年，明州农业收入超过2 000万美元，在全国排名第五。著名的农产品公司有农业巨头嘉吉公司（Cargill）、通用磨坊（General Mills）、美国蓝多湖公司和荷美尔食品公司，这些都是全球500强公司。

明尼苏达州是全美最具多样性的经济体之一，支柱产业包括医疗技术、农业、食品加工、零售和金融服务，诞生过不少世界500强公司。全美最大的保险公司——联合健康保险集团，一年的营业收入高达2 011亿美元，《财富》500强中排名第14。在零售行业，知名电器零售商百思买（Best Buy）和连锁超市塔吉特（Target）正是来自明尼苏达州。前者为全美最大的电子产品零售商，《财富》500强中排名第72；后者为美国第二大零售百货公司，《财富》500强中排名第116。在医疗行业，明州坐拥医疗科技公司巨头美敦力（Medtronic）以及被誉为"全球最好医院"的梅奥诊所（Mayo Clinic）。仅双子城就有 400 多家医疗科技公司，这在全美大都市圈中可是排名第一呢！哈根达斯的母公司通用磨坊总部就设于明尼阿波利斯市，它是世界第六大食品公司，《财富》500 强中排名第 171。而在中国防霾口罩市场一家独大、产品多元化的 3M 公司（Minnesota Mining and Manufacturing Company），曾经的全称就是明尼苏达矿业及制造业公司，是一家全球性的多元化科技企业，以创新、产品繁多著称，生产数以万计的创新产品，从家庭用品到医疗用品，从运输、建筑到商业、教育和电子、通信等各个领域，为全球近 200 多个国家的客户提供产品及服务，《财富》500 强中排名第 98。嘉吉公司，作为世界最大的私人控股公司、最大的动物营养品和农产品制造商，经营范围涵盖农产品、食品、金融和工业产品及服务，在 70 个国家和地区拥有 15 万名员工。

　　近年来，明尼苏达州在科技产业内也备受瞩目。全美知名初创企业孵化器技术之星（TechStars）在明尼苏达州拥有两家加速器，分别为零售业和农业初创公司服务。明州举办的"明尼苏达杯"创业比赛也是全美规模最大之一。众所周知，美国的科技产业中心在加利佛尼亚州的硅谷。硅谷模式是以优质的高等教育院校为中心去发展壮大，它的诞生就是在斯坦福大学聚集精英人才后，辅以良好的基础建设吸引企业前来，形成产业群聚和产学交流，催生更多的新创企业，慢慢成长为中大型企业，然后回馈学校，投资或并购新创企业，新创企业与年轻学生又滋生愉快活泼和多元化的大环境，吸引更多的创意人才前来，从而形成良性循环。硅谷模式是美国乃至全球都羡慕的目标，但如此成功的模式也很难再复制，美国很多城市都曾尝试过这样的发展方式，但均以失败告终，而明尼阿波利斯—圣保罗大都会健康的经济发展提供了另一种模式，即重视人与生活。

明尼阿波利斯—圣保罗都会区拥有的最重要资产是由上至下的各阶层管理人员。双子城的管理人才流失率相当低，在美国25个大城市流失率中居倒数第二。双子城能吸引外来人才并留住人才的一个主要原因，即薪资比较体面，它的人均收入超过芝加哥（伊利诺伊州最大城市）、克利夫兰（俄亥俄州第二大城市）和密尔沃基（威斯康星州最大城市）这些中西部大城市。根据《美国新闻与世界报道》的统计数据，2017年薪酬最高排行榜中明尼阿波利斯—圣保罗以平均年薪53 450美元排在第12位。但双子城的生活成本相对其他城市较低，因此能换来较高的生活品质。只要能维持较好的生活品质，提供足够的工作机会，留住管理人才，一个城市的发展就会走向正向循环。因此，尽管没有加利佛尼亚州晴朗宜人的天气，也没有德克萨斯州的低税率，但明尼苏达州却能保持健康的经济成长，其秘诀就是"人"。

近几年，由于加州硅谷高昂的生活成本压力和行业的单一，有不少科创人才选择逃离这个美国创新产业的摇篮，宜居的明尼苏达州正迎来科技人才数量蓬勃增长的时代。谷歌新闻实验室的创始人斯蒂夫·格洛夫（Steve Grove），土生土长的明尼苏达人，在硅谷工作多年后也选择回到家乡。在他看来，能够让创业者专注于解决各种行业的实际问题，并在快速变化的经济中为人们提供新的机会的地方，才是最佳的创业之地，明尼苏达州就是这样的理想之地。

专利拥有数量是科技创新的重要指标之一，只有全国人口不到2%的明尼苏达州，其专利拥有数量位列全美第十。我们来看看明尼苏达州历史上著名的发明创造：温控购物中心、炉恒温器、可伸缩安全带、耳内助听器、滚轴溜冰鞋、透明胶带、植入式心脏起搏器、首例器官移植、卫星电视广播、抗病毒药、炭疽病测试仪、血液泵、黑盒子飞行记录仪、人工心瓣、军用探测微型机器人等。这些闻名世界、造福于人类的发明创造就来自这样一个宁静的内陆州，而如此惊人的创造力来源于其高度发达的高等教育、优质的创新创业环境和良好的营商环境，而这正是目前我们中国在大力提倡创新创业的环境下最需要学习和改进之处。

有着强劲经济发展势头的明尼苏达州在环境保护方面也走在了全国的前列。比如，在能源使用效率方面，明尼苏达州在全国排名第三，风能产量为全国第七，其电力的15%来源于风能。莫腾森建筑集团的再生能源公司是全国最大的风能承包商和第三大太阳能承包商。在使用太阳能方面，塔吉特零售公司全美排名第一。在城市废物再循环利用方面，明尼苏达州全国排名第二。在全世界前100名可持续发展大公司中，明尼苏达州的通用磨坊位居第69名。

除了上述提到的众多因素之外，便利的交通也是明尼苏达州经济发展至关重要的因素。作为中国20世纪80年代改革开放伊始最重要的战略之一，"要致富，先修路"深入人心，才有了中国各地高速公路、地铁、高铁以及轻轨的快速大发展，以及今天完备的道路交通基础设施。明尼苏达州良好的经济状况也得益于它在美国中西部地区的交通枢纽地位。在铁路、公路及航空大发展之前，河流密布的明尼苏达州就曾是一个非常重要的交通地区。通过北部港口德卢斯市，许多物品沿密西西比河运入运出。如今，明尼苏达州的双城国际机场，是西北航空转运中心达美航空（Delta Airline）转运中心。双城国际机场以其准时闻名于全美。根据 2018 年 OAG 准时联盟的调查结果，在超大型机场（年度离港航班座位数 2 000 万 ~ 3 000 万）航班准时排名中，明尼阿波利斯—圣保罗国际机场名列全球第一。

体验明州的四月暴风雪

　　明尼苏达州位于北纬43度至北纬49度之间，冬天是出了名的寒冷和漫长。最冷的时间是12月至来年2月，最冷的1月平均温度为-11.5℃，每天的气温保持在-10℃~25℃之间。进入4月之后，有些树种的枝条已开始泛青，但天气依然寒冷，时而小雪沥沥。大雁们陆续从南方飞回这依然春寒料峭的北疆之州，越来越多的小鸟站立在枝头叽叽喳喳地呼唤春天。从10月底的第一场雪开始，我在这里经历了长达近半年的冬季。来自亚热带地区的我不免有一丝焦急，春天在哪里？

　　4月14日星期六，一早起来，窗外已是白茫茫一片。大雪纷飞，挡住了春天的脚步，只有窗外小树林里的松鼠在上下翻跑。打开电视，才知一个名叫Xanto的冬季风暴系统从南部的墨西哥湾北上袭击了美国中西部地区，并带来创纪录的强风、暴雪及冰雹大气。在这里，我早已习惯了一场又一场的暴雪，但在早该春暖花开的4月中旬遭遇这样大规模的暴风雪袭击依然令人有些沮丧。到周六晚间，明尼阿波利斯市的降雪量已经达到了38厘米，天气部门预测星期天的雪量可能会达到 50 厘米（明尼苏达州年平均降雪量为 126 厘米，几乎是年平均降水量的两倍）。明尼苏达州有 1 700 台铲雪车，每年冬天要用 20 万 ~ 30 万吨盐来帮助融雪。但由于这次的暴雪时间长、雪量大，积雪造成的路况十分危险，明尼苏达州西南部的数条高速公路被迫关闭，双城国际机场约有 470 架航班被取消。周日晚接到通知，ARCC 将于周一关闭，这还是自冬季以来的第一次停课，可见暴雪之大。

肆虐明州的四月暴风雪

两天两夜过去了，雪还在不停地下着。望着窗外满天飞舞的雪花，窝在暖暖的室内，读书倒成了一件惬意且诗意的事情。巧的是，刚好在 *They chose Minnesota*（《他们选择了明尼苏达》）一书中读到 1872 年英国移民初到明尼苏达州时遭遇了四月暴风雪，瞬间我感觉就像穿越回到一百多年前的 19 世纪。不同的是那时的明尼苏达州到处是荒原，等待着移民者的开发，这样的暴风雪对毫无准备的移民们来说无疑是当头一棒。而今天的明尼苏达州除了偶尔肆虐的暴风雪和略显漫长的冬季外，一切都是那么的美好：绿草如茵的夏季，色彩斑斓的秋季，白雪皑皑的冬季，还有那望眼欲穿但也许已悄然而至的春天。

相逢苏必利尔湖

——明州北部明珠德卢斯之旅

　　盼到了春暖花开，期待已久的德卢斯（Duluth）之旅终于成行。在春季学期结束之日的 5 月 12 日，我和 Patty 以及她 80 岁的妈妈 Joan 驱车三个小时前往我梦寐以求、心中对其充满无限遐思的明尼苏达州北部名城德卢斯。之所以神往，一是因为它是苏必利尔湖湖畔最重要的港口城市，而苏必利尔湖在北美五大湖中最大、最深，堪称五湖之王；二是因为它是美国乐坛巨匠鲍勃·迪伦的故乡。

　　德卢斯，这个城市得名于明尼苏达州早期历史名人——法国著名探险家 Duluth，它的历史可以追溯到 1679 年，因此可以说是明尼苏达州历史最悠久的地方了。德卢斯坐落于铁矿区（Iron Range）的山脚下，南部与威斯康星州相接，北部与加拿大相连。德卢斯偎依着苏必利尔湖，依湖而建，因湖而兴。古老的石头建筑、红砖街道以及板岩屋顶是它的工业特色元素。近些年德卢斯大力发展旅游业，曾经熙熙攘攘的工厂和仓库被改造成音乐场所、啤酒厂、蒸馏酒厂和时尚高端商品的小工厂。德卢斯虽然只有九万多人，但它是历史保护的成功典范。那些独具特色、年代久远的一座座建筑，都是这座城市的历史见证者。城市的每个路口都能眺望到苏必利尔湖的风貌。而壮阔的苏必利尔湖，像大海一样延伸向远方。

德卢斯是作为航运枢纽兴起的，是五大湖区最忙碌的港口，是明尼苏达州北部地区往美国乃至全球市场运输铁矿石和农产品的枢纽。德卢斯有20座码头，可以停泊7万吨的巨轮，以散装货运为主，近年来也有越来越多的集装箱货轮经过大湖区圣劳伦斯航道到达德卢斯港。连接德卢斯港与美国和加拿大腹地的通道有一条州际高速公路和两条国道，还有四条铁路线。虽然德卢斯只是一个内陆湖港，而且在寒冷的冬季还有两三个月的停运，但是每年吞吐量在美国排在前20名。

德卢斯港口的升降吊桥

五月的德卢斯天气依旧有些寒冷，走在湖边的大道上，冷风吹来，我不禁捂紧了大衣。我们来到毗邻苏必利尔湖的运河公园，这里游人很多，四周都是餐馆、酒吧和精品店。德卢斯的标志性建筑——内湖口著名的升降吊桥（Aerial Lift Bridge）构成了内湖港区。这座吊桥不仅是德卢斯船运经济的视觉担当，同时也兼具功能性，每当有大船进出时就会鸣笛示意，而桥上的管理员在一分钟之内将吊桥升起42米，为海船通过时腾出空间，升吊桥时也会鸣笛致示意。遗憾的是，我们没有能够等到观看大船进港时升起吊桥的壮观景象。运河公园前有一座博物馆，里面的各种展品诉说着这座城市的历史变迁。参观完毕，老太太Joan坚持要去附近著名的美式连锁餐馆"祖母餐厅"就餐。餐馆墙上的装饰非常震撼：小黑熊、鹿、驼鹿还有水牛的巨大标本挂在墙上，代表着该地区的动物种类。香味浓郁的美式美食多少弥补了未能看到吊桥升降的遗憾。

"祖母餐厅"墙壁上的装饰——北美野牛标本

从德卢斯启程，沿湖行驶在北岸（North shore）大道上，苏必利尔湖和生机勃勃的港口风光近在眼前。十分钟的车程，我们来到一处瀑布公园，瀑布规模不大，但从公园高处到湖边呈阶梯状的瀑布以及含有铁矿略呈黄色的瀑布流水使得这里成为游客的必到之地。公园还有许多徒步步道和野餐区域，让人在休息之余，可以享受湖畔清风并近距离欣赏大自然。离开公园沿着北岸大道继续前行大约 15 分钟，我们来到了德卢斯地标性建筑——裂岩灯塔。登上塔台居高临下眺望远方，深邃浩渺的苏必利尔湖一望无际，我站在百万年前形成的岩石上感慨宇宙和人类奇妙的发展历程。裂岩灯塔的建造源于 1905 年 11 月的一场风暴，这场风暴造成 29 艘船在苏必利尔湖失踪。1910 年，灯塔建成后很快成为明尼苏达地区最知名的地标之一。灯塔已被还原到 20 世纪 20 年代的样貌，展示了在那个遥远、壮观的环境中的灯塔生活。

夕阳下的裂岩灯塔和浩渺的苏必利尔湖

依山傍湖的德卢斯还是美国著名民俗摇滚传奇鲍勃·迪伦的出生地以及童年的摇篮，2016 年的诺贝尔文学奖就颁给了这位早已成为美国民俗和流行文化一个"重要符号"的乐坛巨匠。他的经典曲目包括《答案在风中飘扬》（*Blowin' in the Wind*）和《像一块滚石》（*Like a Rolling Stone*），他的个人魅力和艺术造诣吸引着人们前来探究这位摇滚传奇的身世。我们不想错过这样的机会，就在离开这座美丽的城市之前，来到鲍勃·迪伦童年时期生活了 6 年的小楼，感受一下这位影响美国流行音乐界和文化界超过 50 年的大师的童年生活。

"优秀学生"颁奖典礼之夜

——我给美国学生颁奖

每到学年结束之时，ARCC都会在学校剧院举办一场隆重的"优秀学生"颁奖典礼，这次我也有幸成为"优秀学生"推荐老师上台致辞，感受了一次别样的文化洗礼。

"优秀学生"的选拔主要取决于授课老师，学校并无规定的选拔标准。有的系学生数量很多，竞争激烈，需要本系老师一起商议决定，因此要拿到这个奖并不容易。作为中文课和中国文化课的唯一授课老师，"优秀学生"自然由我一个人来决定。在两名优秀学生之间衡量之后我选择了Jason Johnson。第一个原因是他从不缺课，按时完成每一次的课后作业且考试成绩优秀。第二个原因是他区别于其他学生的学习方法和非凡的主动性；每次课后他主动将学习的词汇和句式以造句的形式练习，在办公时间来找我帮助检查对错，两个学期下来竟积累了两本厚厚的练习本，从对汉语的一无所知到可以进行简单的对话，努力程度及取得的学习成果让我这个外语资深教师感到惊叹，也深感骄傲。

晚上6点半，师生们陆续步入学校剧院的前厅。工作一年来从未见过老师们如此隆重的着装，男士大都穿着西服打着领带，女士大都穿着长裙、高跟鞋，这可不是他们平时的作风。首先是在签到处签到领卡，然后进剧院找到自己的座位，一身正装的Jason就坐在我旁边。获奖学生的家长受邀坐在剧院的后排。颁奖典礼的主持人是本校的一名女教师，和我们的严肃气氛完全不同，这位主持人搞笑搞怪，颇具美式轻松幽默的风格。教师代表、学生代表和校长依次发言之后，颁奖开始。获奖学生和致辞老师上台的顺序按各系的字母顺序排列，致辞老师和获奖学生站在舞台中央，老师的致辞内容就是学生的获奖理由。致辞时间有长有短，致辞老师们或紧张或松弛，但真诚风趣，台下时不时发出会心的笑声。轮到我上台了，我带着紧张的心情站在舞台中央，很好地完成了致辞任务，堪称一次完美的美式文化体验。

法语老师 Rita 为获奖学生致辞

残疾学生的福音

——来自政府和学校的人文关怀

世界语言系有一门课程是手语（Sign Language），最初我并没有去了解这门课程的目的和用途，直到春季学期初我的中国文化课上出现了两位手语翻译。原来是我的文化课上有一名失聪学生——Danelle，需要手语翻译在课堂随时翻译我讲课的内容，准确地说是翻译我说的每一句话。首次面对这样的场面，我心中不免有些紧张，担心自己的语言不够准确和清晰。当然，作为教学经验丰富的老教师，一周之后我便适应了这样的课堂氛围。

一名失聪学生配两名翻译，这样的人文关怀令我十分感慨，谁请的翻译？谁来支付这笔费用？失聪学生考试怎么办？带着这些问题我走访了学校的相关部门，对美国残疾人受教育的情况做了一些了解。在美国，残疾人受教育的立法经历了一个漫长的过程。最初，残疾人要上专门为残疾人设立的学校；后来，普通学校为残疾人设立单独的教室；1975年，美国联邦政府通过了《残疾儿童教育法》（Education for All Handicapped Children Act），规定要把残疾学生完全纳入正常课堂，使他们和其他学生采用同样的标准，学习同样的课程。该法案是美国关于残疾儿童教育最完整、最重要的立法，它是美国保障身心障碍儿童能接受免费而适当的公立教育的起步标志，也是特殊儿童教育的重大改革。法案确定的服务对象为 3～21 岁的残疾儿童和青少年，类别涉及智力障碍、重听、全聋、言语或语言障碍、全盲、盲—聋、多重障碍、严重情绪困扰、肢体障碍、身体病弱以及学习障碍儿童。法律还规定全国每一个学区都要支持特殊教育，每个公立学校，从幼儿园、小学、中学到大学，都要有特殊教育师资和设备。在完整和严格的法律保障下，目前美国有超过 600 万残疾儿童和青少年接受这样的教育，基本实现了所有残疾孩子都能上学的目标。

在这样的法律保障下，失聪的 Danelle 是幸运的，和她一样身体有残疾的学生是幸运的。他们可以在普通教室和其他学生一起上课，可以免费享受手语翻译以及其他类别的服务。在考试期间他们还可以在另外的考试中心单独考试，并获得更多的答题时间。而当我了解到 18 岁的 Danelle 是美国人从中国领养的孩子时，这让我更加错愕、更加感慨她的不幸与幸运。虽然知道有大量的中国弃婴被美国家庭收养，但看到眼前的 Danelle，心里还是会五味杂陈。祝福 Danelle，祝福给她重生的美国养父母！

美国高校中的抑郁症现状

对抑郁症的了解是从我的语言班学生开始的。20 岁的 Nick 高大帅气，喜欢问问题，看起来开朗阳光，直到有一天，在连续缺席了两次课堂测验后，Nick 告诉我他患有严重的抑郁症，考试会给他带来无比的压力，这不仅仅是心理的，生理上也会出现身体无力、起床困难和睡眠障碍症状。他给我出示了医生诊断证明，上面写着 "severe depression"（重度抑郁症）。这个消息让我既惊愕又难过。看着渴望学习、渴望交流的 Nick，我非常希望能够帮到他，因此边散步边聊天成为我们课后沟通的主要方式，我也逐渐对抑郁症有了进一步的认识和了解。

Nick 具有典型抑郁症患者的症状，经常感到精力不足，一整天的休息和睡觉也不能缓解疲劳感和无力感。严重的负面思想让他感觉自己毫无价值，对别人的反应极度敏感，学习上的一点点压力都会令他精神无法集中、喘不过气来，时常会有自杀念头。尽管几个月里我们定时的沟通给了 Nick 心灵慰藉，但因为无法与他感同身受，也很难给他任何专业的帮助和安慰，有时候一些鼓励的话语反倒增加了他的压力。在勉强完成一个学期的课业之后，Nick 以休学告终并接受定期的心理和药物治疗。除 Nick 之外，在我的学生中 Jason 也曾在中学时期患有抑郁症，令人欣慰的是经过治疗后他基本恢复正常。我在和老师们的聊天中了解到，有相当比例的学生曾被抑郁情绪和抑郁症所困扰。

抑郁症不是日常受到刺激带来的短暂的情绪波动和情绪反应，而是一种严重影响人工作、生活甚至生存的心理疾病。抑郁症是可怕的。据世界卫生组织统计，全球约有 3.4 亿抑郁症患者。当前抑郁症已经成为世界第四大疾病，且将成为 21 世纪人类的主要杀手。严重的患者中有 15% 会选择自杀来结束生命，2/3 的患者曾有过自杀的念头，每年因抑郁症自杀死亡的人数高达 100 万。在美国的自杀者中，抑郁症患者的比例高达 20% ~ 35%。造成人们抑郁的原因有很多，除了个人的基因和性格因素外，现代社会生活节奏过快，竞争压力过大，给人们在学业、就业和生存上造成极大的心理压力，导致一些人从焦虑走向抑郁。

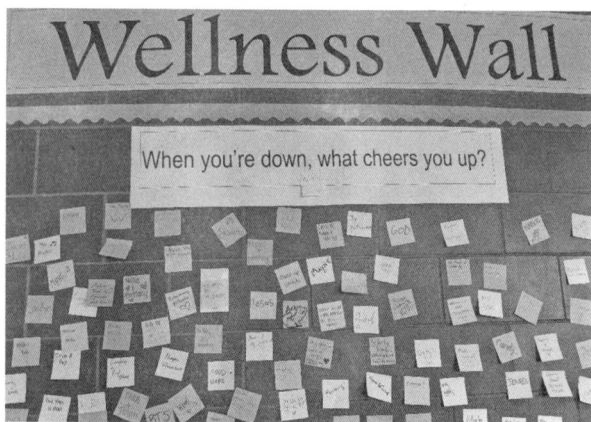

ARCC 的"健康墙"——分享解压之道

ARCC 非常重视学生的精神健康，学校配有专门的心理辅导师来帮助学生疏导、解决他们的心理问题。患有抑郁症的学生，和残疾学生一样享受作业和考试方面的贴心服务，比如减少作业量、单独考试等。另外，学校在大楼走廊的墙上专门开辟一角让学生贴上小纸条来分享自己的解压之道。

令人担忧的是，近年来有多名海外的中国留学生由于抑郁症选择了自杀，令人心痛。耶鲁大学一项关于抑郁症的调查发现，在明确表示有抑郁症倾向的美国大学生中，美国本土学生占13%，而中国留学生高达45%，如此高的比例显然和极度紧张的学业与文化差异所导致的巨大压力有关。如何化解或减轻压力值得我们关注和思考。

我和我的学生们

梅奥诊所
——明尼苏达州的名片

2018年10月，中国著名节目主持人李咏先生的离世令中国人无比痛心和惋惜，同时也把人们的目光引向李咏先生就医的世界顶尖医疗机构——总部位于明尼苏达州南部城市罗切斯特（Rochester）的梅奥诊所。

梅奥诊所是世界著名的私立医疗机构，虽然被称为"诊所"，但实际上是一所拥有悠久历史的综合医学中心。梅奥诊所是19世纪80年代由梅奥医生和他医学院毕业的两个儿子联合当地的教会在罗切斯特市共同创建的，现已发展为世界规模最大和最重要的医疗及医学研究机构，代表世界领先的医疗水平，在医学研究领域较为权威。梅奥诊所的总部加上亚利桑那州和佛罗里达州的两个分支医疗中心一共拥有近60 000名雇员、4 500名医生和科学家，还有一所以研究为主的梅奥医学院。2016年梅奥诊所的年收入为130多亿美元，年度医学研究经费超过6.6亿美元。三家大型医疗中心和周围星罗棋布的诊所构成了梅奥医疗体系的主要部分。

梅奥诊所在医疗护理方面的服务理念源于团队协作的文化，

即针对每一个患者的病情，不同小组的专家集中精力、共同发挥自己的医学技能，使患者得到关注和高质量的治疗。梅奥诊所拥有十幢大楼，平均每年接纳国内外患者达 25 万人次，病患中 80% 来自明尼苏达州及其邻州，15% 来自美国东西海岸，还有 5% 来自海外的高端病人，包括中东王室、世界各国的超级富豪或演艺名人，美国前总统肯尼迪、福特、里根和布什都曾在此就医。除了病人及家属，慕名前来的参观者更是不计其数，为此医院还专设导游。

在《美国新闻与世界报道》评选出的 2016—2017 年度全美著名医院综合实力排名中，梅奥诊所排名第一，获得"著名医院"的殊荣，在美国历史上梅奥诊所也一直排在"荣誉名册"医院的前列。梅奥有多个学科排名第一，其糖尿病与内分泌科、胃肠科、老年病专科、妇科、肾内科、神经内科和外科、呼吸科、泌尿外科均排名第一，心胸外科、耳鼻喉科、骨科排名第二。梅奥诊所还被认为是在心脏和癌症等 16 个领域提供特殊治疗的 5 个最佳医院之一。1950 年，由于糖皮质激素分离成功，梅奥诊所的科学家获得诺贝尔医学和生理学奖。

明尼苏达州不仅拥有具有世界影响力的梅奥诊所，明尼苏达大学医学院在全美医学领域也处于领先地位。世界第一例骨髓移植手术就在明大医学院的附属医院——明尼苏达大学医学中心完成。该中心在呼吸障碍和癌症治疗等多个领域处于世界领先地位，并拥有世界上最大的肾脏移植机构，同时还拥有全美最好的儿科医院之一。2008 年，明尼苏达大学医学院科学家 Doris Taylor 领导的团队研发出世界上第一个生物人造心脏。

先进的医学和医疗技术使得医疗技术产业成为明尼苏达州的支柱性产业。由明尼阿波利斯市、圣保罗市、罗彻斯特市和其他中部城市形成的"医疗走廊"，成为医疗器械工业的摇篮，在这里诞生了植入式心脏起搏器、人工心脏瓣膜、耳内助听器等创新成果。目前，"医疗走廊"有700家医疗技术公司和全美最大的医疗保险公司——联合保健，其拥有的专利申请和专利研究基金数量超过世界任何一个地区，被列为世界排名第一的医疗信息技术创新区。明尼苏达州不仅有闻名世界的医疗水平，而且其医疗保险覆盖率在全美排名第一。

梅奥诊所总部大楼

明尼苏达州名人录

自 1776 年宣布独立，美国建国已有 242 年。明尼苏达州于 1858 年加入美国联邦，成为美国的第 32 个州。这个历史不足两百年，人口只有 560 万的北疆之州，却以丰厚的人文底蕴和开拓精神孕育出各路英豪和行业领袖。著名作家如弗朗西斯·斯科特·基·菲茨杰拉德、辛克莱·刘易斯、罗拉·英格斯·怀德；著名漫画家如查尔斯·舒尔茨；著名音乐家如鲍勃·迪伦和王子；医学界的梅奥兄弟；著名电影导演科恩兄弟；演员朱迪·加兰；企业家如保罗·盖蒂、理查德·西尔斯；政治家如休伯特·汉弗莱、沃尔特·蒙代尔；著名运动员如凯文·麦克海尔；罗杰·马里斯、林赛·沃恩、格雷格·莱蒙德等，这些文化、政治、商业和运动领域的领袖和杰出人才都来自于明尼苏达这个人杰地灵、人才辈出的地方。

1. 文学艺术领域

弗朗西斯·斯科特·基·菲茨杰拉德（Francis Scott Key Fitzgerald）：20 世纪著名作家。1896 年生于明尼苏达州圣保罗市，从中学时代起就对写作产生了兴趣。在二十多年的创作生涯中，菲茨杰拉德发表了《了不起的盖茨比》《夜色温柔》和《最后一个巨头》等七部长篇小说，八部剧本以及一百六十多篇短篇小说。1925年出版的《了不起的盖茨比》，被誉为当代最出色的美国小说之一，奠定了他在现代美国文学史上的地位，成为20世纪20年代"爵士时代"的发言人和"迷惘的一代"的代表作家之一。《了不起的盖茨比》在美国现代文库评选的20世纪百部最佳英语小说中高居第二名，2013年被改编为电影。

辛克莱·刘易斯（Sinclair Lewis）：20世纪著名作家。1885年出生在明尼苏达州的索克萨特镇。1925年刘易斯以美国中西部小镇生活为背景的长篇小说《大街》问世，获得广泛盛誉。1930年，辛克莱·刘易斯获得诺贝尔文学奖，为首位获得诺贝尔文学奖的美国人。他一生创作20多部作品，《大街》《巴比特》《阿罗史密斯》被认为是其代表作。

查尔斯·舒尔茨（Charles M. Schulz）：著名漫画家。年轻的读者对漫画小狗史奴比（Snoopy）一定不陌生。明尼苏达州就是史奴比作者舒尔茨的故乡。1922年舒尔茨出生于圣保罗，1950年开始创作史努比系列漫画。他在著名的《小家伙》（Peanut）系列漫画中创作的小狗史奴比以及几位小学生的形象在美国家喻户晓，也广泛流传于世界各地。《小家伙》漫画以小孩生活为题材，从孩子的角度观察复杂的世界。在50年间，舒尔茨创作了17 897套漫画，最兴盛的时候，全球75个国家的2 600家报纸杂志采用这个漫画系列，读者超过3.5亿人。

科恩兄弟（Coen brother）：美国电影导演组合，由哥哥乔·科恩（Joel Coen）和弟弟伊桑·科恩（Ehan Coen）组成。科恩兄弟皆于20世纪50年代生于明尼苏达州，由于其作品的编剧、制片及导演都是两亲兄弟共同合作完成，故非正式地称为"科恩兄弟"。他们的电影作品独具特色，其情节不落俗套，往往强调命运的某种不确定性。1991年，他们的作品《巴顿·芬克》获得当年法国戛纳电影节金棕榈奖。2008年，两人以影片《老无所依》获第80届奥斯卡奖最佳影片、最佳导演、最佳改编剧本奖。

威廉·德威特·华莱士（William Dewitt Wallace）：美国现代出版商，《读者文摘》杂志的创刊人。1889年，华莱士出生于圣保罗，1922年和妻子创立了第一期《读者文摘》，这种便于携带的袖珍型期刊选摘或缩编各种报刊发表的优秀文章兼具知识性与趣味性，并保持了原文风格和文采，这在当时是一个创举。60年以后，华莱士已拥有了一个出版王国，他的杂志遍及全球，用15种文字出版39种版本，发行世界163个国家和地区，总发行量3 000万份，成为当时世界上发行量最大的期刊。

鲍勃·迪伦（Bob Dylan）：20世纪美国最重要、最有影响力的民谣、摇滚歌手。1941年，鲍勃·迪伦出生于明尼苏达州杜鲁斯市，高中时就组建了自己的乐队。他在美国歌曲传统中开创了新的诗性表达，让音乐真正变成表达人生观和态度的一个工具，其颇具创造力的作品为美国文化甚至整个世界的文化界做出了贡献。鲍勃·迪伦的艺术成就：1991年格莱美终身成就奖、2000年奥斯卡最佳原创歌曲奖、2001年金球奖最佳原创歌曲奖、2008年普利策奖特别荣誉奖、2008年诺贝尔文学奖提名、2016年诺贝尔文学奖。

王子（Prince Rogers Nelson）：音乐家、多种乐器演奏家、创作歌手、作曲家、音乐制作人和演员。1958年，出生于明尼阿波利斯，他将摇滚、放克音乐和迷幻摇滚融合一体，是20世纪80年代美国最有创新和想象力的音乐家，也是最有天赋和最多产的音乐家之一。王子共发行37张专辑，获得7座格莱美奖杯。他的专辑在全球销售超过一亿张，是史上最畅销的音乐艺术家之一。他曾兼任美国华纳兄弟唱片公司副总裁，遗憾的是王子在2016年因病去世，年仅57岁。

2. 政治领域

休伯特·汉弗莱（Hubert H. Humphrey）：曾历任明尼阿波利斯市长、明尼苏达州联邦参议员，1965—1969年，在约翰逊时代担任副总统。提出"部分禁止核试验条约"（1963）和"民权法"（1964）。1968年，当选为民主党候选人，在总统竞选中败给共和党候选人理查德·尼克松。

沃尔特·蒙代尔（Walter Mondale）：曾历任明尼苏达州检察长、明尼苏达州联邦参议员。1977—1981年，在卡特总统时代担任美国副总统，1984年当选民主党总统候选人，在总统竞选中败给时任总统的罗纳德·里根。1993—1996，担任美国驻日本大使。

华伦·伯格（Warren Earl Burger）：美国第15任最高法院首席大法官。1907年，生于圣保罗；1931年，从圣保罗法学院毕业，历任美国司法部长助理、华盛顿哥伦比亚特区巡回上诉法院法官；1969—1986年任美国首席大法官；1986年当选"美国宪法200周年委员会"主席。1974年，伯格为美国诉尼克松案的法庭写判决，该法庭驳回了尼克松总统在水门事件后要求行政特权的请求。这一裁决对尼克松的辞职起了重要作用。尽管伯格是保守派，做出了许多偏向保守派的决定，但在他的任期内就堕胎、死刑、宗教自由、新闻自由和公立学校废除种族隔离等问题做出了一些偏向自由派的决定。

3. 经济领域

保罗·盖蒂（J. Paul Getty）：1892年出生于明尼阿波利斯，盖蒂先后在美国南加州大学、加州大学和英国牛津大学完成学业，后进入其家族的石油开采行业。他既有冒险精神，又有天生的商业头脑，在20世纪30年代的美国经济危机中，他逆流而上收购其他石油公司，所领导的盖帝石油公司成为全球十大企业。1957年，他被《财富》杂志评为世界首富，此后连续二十年保持美国首富地位。但让他蜚声世界的是他对艺术的热爱和艺术收藏。盖蒂打造的位于洛杉矶毗邻东太平洋岸边沙滩山上的收藏帝国——保罗·盖蒂博物馆和盖蒂中心，所收藏的珍贵藏品超过10万件，已成为洛杉矶的人文地标。

理查德·西尔斯（Richard W. Sears）：西尔斯百货（Sears）被称为"百货公司鼻祖"。1886年，明尼苏达州23岁的火车站工作人员理查德·西尔斯由于一次卖手表的成功经历，开始了他的创业人生，从第一家西尔斯钟表公司到誉满全球的西尔斯百货公司。1973年，西尔斯百货在芝加哥建造了当时全球最高的"西尔斯大厦"，西尔斯年营业收占当时美国GDP的1%，成为全球最大百货零售商。鼎盛时期的西尔斯拥有大中型百货商店700多个，分布在世界30个国家和地区，拥有40多万名员工，经营的商品种类达18万种。2018年10月15日，百年百货连锁店西尔斯申请破产保护。这个总部位于芝加哥的美国零售之王，在走过

132年后终究没落退场。

4. 体育领域

凯文·麦克海尔（Kevin McHale）：前美国NBA篮球运动员，被誉为是NBA史上最佳的白人大前锋，名人堂球员。1994年凯文·麦克海尔退役，1996年入选NBA50大巨星，1999年入选奈·史密斯篮球名人纪念堂。退役后的凯文·麦克海尔曾执教多支NBA球队，在2005年、2008—2009赛季执教明尼苏达森林狼队并担任总经理，2011—2015年执教休斯敦火箭队。此外，他还担任过电视评论员。

下篇
明尼苏达州的今与昔

明尼苏达州的"前世"与"今生"

英美文化既是我多年来授课的主要内容，也是我的兴趣所在。因此，明尼苏达州经历了怎样的发展历程，它在美国的历史进程中所处的地位、自身特点，成为我授课之余闲暇时间读书的重点，那些具有历史意义的名人故居、博物馆和军事堡垒自然也成为我参观的重点。

思耐岭军事堡垒（Fort Snelling）是有关明尼苏达州的历史书中反复提到的一个地方，与明尼苏达州早期历史、毛皮贸易史、明尼苏达州奴隶史以及 1862 年美国印第安人暴动等密切相关。因此，5 月放假后的第一个周末，同事 Patty 就带我来到了位于密西西比河与明尼苏达河交汇处的思耐岭军事堡垒。始建于 1820 年的堡垒依然保存完好，堡垒由几十间连成一体的平房建筑构成，分为各种军械库、士兵营房和长官所住的套房。整个堡垒是封闭式的，只有一个出入口的大门。堡垒中间是士兵每日操练的大操场，迄今依然保留着每日有几名士兵操练的仪式，当然这样的仪式是给游客看的。跟随导游走出堡垒，站在堡垒的标志性建筑圆塔旁，听导游讲述当年印第安暴动与思耐岭军事基地出兵的细节，听 Patty 讲述她太祖母的父亲在那场惨案中如何逃脱印第安人的追捕，仿佛一幕幕的历史重现在眼前。离开思耐岭之前，我们踱步到明尼苏达河畔，望着奔腾的裹挟着历史的河水，思绪万千。思耐岭之旅也让我更加了解了明尼苏达州的发展史。

一、1849 年成为美国领地之前的明尼苏达

1. 明尼苏达的原住民——印第安苏族人和契迫瓦族人

在浩瀚的世界历史长河中，北美印第安人的历史只是文明进程中高端链的强悍民族征服低端链民族的一页。就这一点而言，在明尼苏达这块北疆之地发生的故事与北美其他各地并无太大区别。据考古考证，最早的"明尼苏达人"是比印第安人或因纽特人还要古老的蒙古人，迄今已有两万年的历史。"明尼苏达"是印第安语，含义是"乳蓝色的水"，在欧洲白人到来之前印第安人一直是这块土地的主人，他们以狩猎和简单的农耕生活为生。明尼苏达印第安人的两个主要部落名为达卡他族（Dakota）和奥吉布韦族（Ojibwe），20 世纪中叶之后改称苏族（Sioux）和契迫瓦族（Chippewa）。他们的生活方式、穿衣、饮食与人们在电影中看到的大致相似，明尼苏达州纵横交错的河流和湖泊使得独木舟成为他们最重要的交通方式。苏族和契迫瓦族之间对于地盘的争斗始于 17 世纪，苏族当时仍处于原始社会的石器时代，而契迫瓦族早在圣劳伦斯河流域时就已经接受了白人的部分工具和武器，因此契迫瓦族通过武力夺取了密西西比河源头北部和东部的狩猎之地，苏族的地盘主要是在明尼苏达地区的中南部和西部。

2. 明尼苏达与法国人

从 17 世纪开始，法国人来到明尼苏达地区探险，开启了和印第安人之间的皮货贸易。法国人与明尼苏达印第安人的皮草生意以及对密西西比河上游流域的探险塑造了 17 世纪的明尼苏达州历史。至今，明尼苏达州许多城市和地区包括街道的名字都是以法国探险家的名字命名的，比如著名的德卢斯市（Duluth），其市名就来自 17 世纪法国探险家德卢斯，亨内平县（Hennepin）的县名来自同时期法国探险家路易·亨内平神父。

法国人是北美五大湖地区最早的欧洲探险家，早在 1608 年他们就在今加拿大魁北克地区建立了居民点。在英国的清教徒登陆新英格兰之前，法国人已经发现了今加拿大渥太华河及附近的安大略湖区，他们绘制湖区地图，学习印第安语、听印第安人讲故事、跟他们一起狩猎、学造独木舟，甚至学习如何忍饥挨饿。1634 年，他们已经发现了除苏必利尔湖以外的四大湖，即安大略湖、休伦湖、伊利湖和密歇根湖。

当然价值高昂的皮草也是吸引法国人到北美探险的重要原因。各部落的印第安人冬天狩猎，春天交货。每当满载着皮草的印第安人独木舟船队到来之时，法国人的蒙特利尔一片欢腾热闹景象，他们用水壶、刀具、珠子、镜子和毛毯与印第安人进行交换。后来印第安各部落之间爆发了战争，给皮草交易带来了不便，因此法国人开始自己走进西部收集皮草。1654—1660 年，他们乘着独木舟，顺着圣劳伦斯河沿着湖区一直向西进入密西西比河的上游，这里广阔富饶的土地令他们兴奋不已。尽管这里路途险峻，未经开发的河流、湖泊和森林使得环境危险重重，但大批探险者还是纷至沓来，建立军事堡垒和贸易站。由于昂贵的皮草是欧洲达官显贵们的最爱，这些法国的冒险家们与印第安人的皮草生意炙手可热。西北通道的传说不仅吸引了探险家们穿越荒原来到这里绘制了第一幅地图，天主教的传教士们带着火一般的热情也来到此地寻找撒播福音的机会。

1660年，两名法国商人带着60条装满皮草的独木舟第二次从西部明尼苏达地区回到蒙特利尔，也带回了关于五大湖区土著人真实的生活和那片蕴藏着巨大财富的广袤森林。但蒙特利尔政府以他们没有执照为由没收了他们的皮草，两人一气之下决定与英国人进行交易。他们前往英格兰游说，并于1670年成功地说服英国人建立了哈德逊湾公司（Hudson Bay Company，至今依然是加拿大生意兴隆的百货公司）。他们还写了一本书介绍在新大陆的种种历险，并且希冀北美新大陆这片未开发的西部地区成为欧洲大陆的乐园，这些预言在两百年之后变成了现实。书中还讲述了明尼苏达地区的印第安人初次见到白皮肤法国人时的反应：围着他们尖叫、对能杀死动物且发出轰鸣声的铁家伙惊叹不已，他们喜欢摔不碎的铁壶、比石头锋利得多的铁制刀具，还有比贝壳更闪亮的玻璃珠子。印第安人把他们像上帝一样看待，让他们坐在象征权力的水牛皮上，用丰盛的大餐招待他们。

1679年，法国探险家德卢斯将法国国旗插到了苏必利尔湖畔的印第安苏族村落，并在随后的11年中，多次穿行苏必利尔湖，勘察密西西比河和圣克劳伊河流之间的三角洲地带。此后，他的继承者们在明尼苏达地区继续着前辈们的事业：探险、建立军事堡垒和皮货贸易站。是法国探险家们发现并开拓了明尼苏达州，他们对美国西部的贡献不可磨灭；他们勇敢、能吃苦，学会了在荒原生存的本领，并不断地把北美境内的法国帝国的版图向西推进，寻找路线、绘制地图，使世界认识并了解了西部；他们消除了印第安人对白人的疑虑，教会印第安人使用枪炮，开启了与印第安人的皮草贸易。那里留下了法国人的足迹，留下了数百个生动有趣的地名和为数不少的混血后代。

3. 明尼苏达与英国人

法国人在北美大陆从圣劳伦斯河流域、五大湖地区以及沿密西西比河向南建立了面积庞大的新法国（New France），后称"法属路易斯安纳"。但随着英国在北美殖民地势力的增强，法国与英国在北美的力量开始角力，冲突不可避免。法国人作为探险家和贸易商人非常出色，但由于这片巨大的法属路易斯安纳地区并没有多少法国人定居，法国势力逐渐被英国削弱。随着法国在北美东部英法战争中的失利，西部也丢了；1763年英法签署巴黎协议，法国放弃了新法国。

英国人来到西部五大湖地区取代了法国人，并接过了皮草生意，但印第安人很不高兴，因为英国人不和他们交朋友，而是像奴仆一样对待他们。他们害怕这些白人会把他们赶出赖以生存的家园，将他们的狩猎之地变成农场。其间，一个叫乔纳森·卡佛的美国新英格兰人受当时英国政府的委托在明尼苏达地区进行勘察，他与印第安人交往、在明尼苏达河与密西西比河之间穿梭，并于1778年出版了他的游记，这本游记成为畅销书，被翻译成多种语言，引起世人对这片英国控制下的内陆腹地产生浓厚兴趣。卡佛也因此成为明尼苏达州的历史名人和富人，当时印第安苏族首领把今明尼苏达州与威斯康星州之间的一大块土地割让给了他。

这里仅举一例说明当时皮货生意的盛况，仅1805年到1806年的一年时间里，英国皮货商亚历山大·亨利在明尼苏达红河贸易站发货的皮草数量和种类为：1 621 张河狸皮、125 张黑熊皮、49 张棕熊皮、4 张灰熊皮、862 张狼皮、509 张狐狸皮、152 张浣熊皮、322 张鱼貂、214 张水獭皮、1 456 张貂皮、507 张水貂皮、45 张狼獾皮、469 张驼鹿皮及 12 470 张麝鼠皮。通常这些皮草被运往蒙特利尔，经过分类、打包后再运往伦敦。当时的伦敦每年举办一次皮草拍卖会，来自欧洲的商人都会参加。也有部分皮草直接从美国西部穿过冰雪覆盖的西伯利亚运往俄国以及中国的广州和其他城市。皮货生意养活了大量的人，有打猎采集皮草的印第安人和皮货贸易商、蒙特利尔的中间商、运送货物收售皮草的伦敦商人，还有英法及其他欧洲国家生产北美印第安人所需商品的工人。

4. 明尼苏达与美国人

1783 年，美国独立战争结束，当时的美国只有东部大西洋沿岸的 13 个州，直到 1805 年，美国政府才把目光投向广袤的中西部地区。1803 年，托马斯·杰弗逊总统从法国拿破仑手中买下"法属路易斯安纳"地区，他迫切希望了解这片广袤的未知土地，于是派遣了两个小分队到内陆地区进行勘察。1805 年，其中一个小分队来到密西西比河上游的明尼苏达地区并把美国国旗插在了这块土地。他们分别与苏族人和契迫瓦族人取得了联系，说服两个宿敌和平相处，中断他们与英国人的贸易，还说服苏族人出让了对未来明尼苏达地区发展至关重要的两块土地——一块在明尼苏达河口，另一块在圣克劳伊河口。

1812 年，英美战争爆发，明尼苏达州所在的中西部地区逐渐被美国控制。1816 年，美国国会通过《根特条约》终止了英国在明尼苏达地区的贸易垄断，至此英国公司在此地的业务完全被美国公司取代。明尼苏达州已经成为美国的一部分，西进运动开拓者的脚步已经踏进明尼苏达州这块北部边疆。1819年，作为边疆国防的重要举措，美国联邦政府委托亨利上校带着一队士兵来到明尼苏达建造军事堡垒。他们选择了明尼苏达河与密西西比河的交汇处，建造过程异常艰辛，士兵们熬过了寒冬和疾病，在缺医少药的艰苦环境中终于建成了西部地区第一座军事堡垒。为了纪念在此服役七年的第二任长官思耐岭上校，军事基地被定名为思耐岭军事堡垒。在建成后的三十年间，思耐岭一直是密西西比河流域最重要的军事堡垒。堡垒附近土地肥沃，士兵们开始开荒种田，收获了粮食后又办起了磨坊和锯木厂，思耐岭附近呈现一派繁荣景象。思耐岭的军官们大都毕业于西点军校，其中一位还成为第十二届美国总统——扎卡里·泰勒（Zachary Taylor）。军官太太们漂亮、教养良好，时而举办舞会、上演话剧，举办各种活动，这里逐渐发展成为西北地区的文明中心。思耐岭军事堡垒为密西西比河两岸的繁荣以及城市的出现和发展奠定了坚实的基础。

思耐岭军事堡垒

印第安苏族和契迫瓦族这对宿敌纠纷、冲突不断，多年来的皮货生意使他们拥有了充足的武器装备，两方势均力敌，很难管理。1820年，美国总统门罗派遣陆军少校塔利·法罗来到思耐岭军事堡垒负责管理印第安人事务。法罗少校凭借其诚实和智慧赢得了双方的友谊，被印第安人称为"白人之父"。此时，思耐岭军事堡垒的名声、密西西比河两岸的繁荣以及探险者和勘察者对该地区的报告吸引了美国东部人民的目光，很多人希望来此开拓定居，但因为只有皮货商和传教士才可以进入印第安人的区域，因此少校的另一个任务是阻止白人进入印第安领地。

　　1834年，亨利·西布雷（Henry Sibley）被美国皮货公司派往明尼苏达地区负责那里的业务。总部在纽约的美国皮货公司在当时可是大企业，整个北美大陆都有它的贸易站点，其业务内容包罗万象：经营苏必利尔湖的渔业、制造枫糖、买卖土地，自产自销与印第安人贸易的商品，甚至还有银行业务。亨利·西布雷出生于底特律，是新英格兰人的后代，受过良好的教育。他选择了思耐岭军事堡垒附近的门多塔（Mendota）驻扎下来，并在河口建起了贸易站，皮货业务迅速发展，每天装载着皮草的笨重牛车往返于红河地区和贸易站，上百辆吱呀作响的木轮牛车在数英里之外都能听得到。我们通过他1835年经手的生皮数量和种类来了解一下其皮货帝国：389 000张麝鼠皮、3 230张水貂皮、3 200张鹿皮、2 000张浣熊皮、上千张水獭皮和水牛皮、数百张水貂皮和狐狸皮。

西布雷庄园

　　1835 年西布雷建造了与周围的简陋房屋完全不同的石头庄园（现已成为博物馆）：精致的图书馆、卧室，豪华气派的客厅、餐厅和走廊及专门从纽约定制的钢琴。西布雷与印第安人友好相处，一起打猎，还常常远行去视察各地的贸易站。西布雷成为明尼苏达地区的名人，也成为后来明尼苏达领地的缔造者之一、领地在美国国会的首任代表。此外，他还是明尼苏达大学的缔造者之一，以及后来平息 1862 年印第安人暴动的将军。

　　5. 西部大开发中的明尼苏达和移民的故事

　　从 19 世纪开始，大西洋沿岸的美国人开始了西进运动。1825年，伊利运河的开通把大西洋沿岸和五大湖区的中西部连接起来。东部的人们长途跋涉穿过湖区沿着密西西比河向西、向南挺进，俄亥俄州、印第安纳州、密歇根州、伊利诺伊州、明尼苏达州、艾奥瓦州、威斯康星州，辽阔的中西部地区在等待着开发。

1800 年时的美国人口只有区区不到 500 万，1830 年就增加到 1 300 万，1850 年更是增加到 2 300 万。西部大开发的热潮不仅吸引了东部渴望土地的美国人，也吸引了无数的欧洲移民。

1821 年，12 岁的瑞士女孩芭芭拉跟随父母及另外 11 个家庭坐船来到美国，他们到达纽约之后从哈德逊湾沿着五大湖区继续西进到达明尼苏达地区北部。熬过了第一个冬天之后，缺少基本农具的他们放弃了就地建屋种田的打算，决定向南前往思耐岭军事堡垒。一辆牛车拉着所有行李，大人孩子都步行跟随，每天只能走 20 英里，到了晚上男人们持枪轮流站岗。途中有时会遇到印第安人前来索要"礼物"；那年的春天就有一个家庭遭遇了袭击，印第安人杀死了父母并将两个男孩掳走，所幸他们后来被思耐岭基地的士兵们解救出来。这 12 个家庭经过艰难跋涉终于抵达军事基地，受到了思耐岭上校的热情招待。休整一段时间后，其他 11 个家庭选择沿密西西比河继续南下，芭芭拉一家留了下来，几年后成年的芭芭拉嫁给了思耐岭军事基地的一个士兵。这一家移民的故事是千千万万个欧洲移民故事中既普通又典型的一个，中西部地区的明尼苏达州就是由不同时期来自不同地区的不同民族组成的。

6. 圣保罗等城市的兴起

1837 年，印第安人将圣克劳伊河与密西西比河之间的土地出让给白人之后，圣克劳伊河畔以木材和小麦加工为主业的城镇雨后春笋般涌现出来。1841 年，一座名为圣保罗的天主教堂在密西西比河东岸竖立起来，同年圣克劳伊河口的小镇道格拉斯诞生了明尼苏达地区第一家邮局。1847 年，随着密西西比河圣安瑟尼瀑布两岸居民渐渐的增多，河中间架起了桥；西岸逐渐发展成以木材加工为主业的圣安瑟尼市（今明尼阿波利斯市），东岸逐渐发展为以面粉加工为主的圣保罗市，名人亨利·西布雷居住的门多塔小镇是皮货交易中心。这些早期的繁华小镇都位于明尼苏达河与密西西比河交界处几英里范围之内，当时圣保罗有 1 200 人。这个时期的居民点无法自给自足，人们的日常所需及牲畜所需都要靠蒸汽船运输。房屋基本都是简陋的小木屋，木头一搭就是桥，学校和教堂既少且简陋，在寒冷的冬季连信都无法收寄。1848 年，圣克劳伊瀑布城开了一家土地办事机构，引来了一大波美国东部来的伐木工人以及纽约和宾夕法尼亚州来的农民、工匠和商人在此安身。这些东部人在过去的生活中已经积累了丰富的政治经验，因此当这里人口达到 5 000 人时他们就要求设立地方政府。

二、明尼苏达领地的诞生

1849 年 3 月，建立了地方政府的"明尼苏达领地"正式成立（由美国联邦政府管理但有其自治权）。领地的疆域比今天的明州要大一些。第一家报纸《明尼苏达先锋报》开办起来，为明尼苏达领地描绘了美好前景，吸引了很多移民前来开拓、定居和发展。当越来越多的东部美国人和欧洲移民来到这里，领地内有限的土地令他们感到不满足，因此他们把目光投向了印第安人赖以生存的茂密森林和辽阔草原，这就导致了白人和印第安人之间的冲突越来越大。1851 年，美国政府和苏族人签订一系列协议，苏族人被迫放弃了大量的土地，而迁移到明尼苏达河上游沿岸的印第安人保留地。1854—1855 年，生活在北部的契迫瓦人也让出了苏必利尔湖以北的土地，给白人进行伐木业和木材加工。

领地成立后，为了吸引更多的移民，领地政府派官员前往纽约进行宣传。在 1853 年纽约举办的博览会上，明尼苏达领地的展出大获成功：印第安人独木舟、皮草、粮食等实物和图片，还有一头活水牛！大批移民开始涌入明尼苏达领地西南部。密西西比河、明尼苏达河和圣克劳伊河上的蒸汽船只载着一批又一批来自美国东部和欧洲的乘客来到这里，下船上岸，再乘马车沿着新建的公路继续前行。大部分移民是被政府承诺的每英亩 1.25 美元的赠地政策吸引而来。新移民散落在靠近河流水道的乡间，对并没有多少工具的他们来说，垦荒不是一件容易的事，但这挡不住移民们的热情。1854 年，明尼苏达领地政府卖出了 50 万英亩土地，1858 年卖给移民的土地达到 250 万英亩。

一个又一个的村庄如雨后春笋一般一夜之间冒了出来，溪流边一间又一间的磨坊开起来了。圣安瑟尼瀑布地处密西西比河上游，河流落差大，以瀑布水利作动力的面粉加工厂便建在了这里，后来发展成为美国最大的面粉厂。很快，密西西比河布满了船只，川流不息地向美国东部和南部运输着小麦和面粉。锯木厂也是一派繁忙景象，伐木业的繁荣使得各大河流木满为患。还有大量的皮草从红河河谷运往圣保罗。宾馆和土地办事机构挤满了客人，邮政业发展尤其迅速，到 1856 年明尼苏达领地已经建有253 个邮局。

明尼苏达领地的文化传承了美国东部的传统文化。移民开拓者们建教堂、办学校，组织读书会、唱诗班，名人们也纷纷来到中西部这块"荒蛮"之地举办演讲和讲座。1851 年，政府批准在圣安瑟尼市筹建大学。明尼苏达领地东北部的苏必利尔湖畔也陆续出现了垦荒者。1854—1855 年，当领地政府与契迫瓦人签约之后，苏必利尔湖畔很快发展起好几个村镇，其中最大的就是德卢斯。1855 年开通的运河使得明尼苏达领地能够通过伊利运河和纽约港通商，通过圣劳伦斯河和欧洲各港口通商。1857 年，领地的白人数量达到了 15 万，其中 2/3 的成年人来自美国东部各州和加拿大，另外 1/3 来自爱尔兰、德国、英国、瑞典和挪威。这些移民开拓者们用自己的双手建设着在明尼苏达领地的新家园，没有现成的工具就自己制作，没有家具就自己打造。男人们外出渔猎、耕田，女人们在家做饭、带孩子、纺线织布做衣服，很多女人还学会了制作肥皂、蜡烛和黄油。西部开拓者们既缔造了明尼苏达领地，也给后人留下了巨大的精神财富：勤劳、独立、自信、勇敢、脚踏实地的品格。他们在开垦出来的农田里早出晚归地劳作，还要担心随时可能发生的火灾、涝灾、冬天的暴风雪、来自印第安人的袭击还有方圆几十里没有人烟的孤寂。他们相信自己的付出会有美好的未来。

明尼苏达领地的迅速发展也带来了土地的投机买卖。1855—1857 年，大片的草原土地从每英亩 1.25 美元涨到 5 美元；差别只不过是多建了一个灌木小屋或木棚子，还有院子里的几码破碎草皮。没有经过考察的小城镇规划了几百个，地点也不确定，单凭纸上规划就吸引了东部的人前来购买。经过开垦的居住地，上午卖 500 美元到傍晚就能翻倍。诈骗犯们也闻讯而来，兜售地图、空白契约，散布与铁路路线相关的所谓内幕消息。东部的资本家们借给圣保罗的银行家大量的资金进行高息放贷。很多拓荒者都认为自己将来能在这里发大财；希望和贪婪充斥着这块处女地。1857 年 8 月，美国东部地区发生了经济危机，给明尼苏达领地的金融冒险家们泼了一盆冷水。当消息传来，现金和信用立刻消失了，几千个投机商傻了眼，土地售卖机构纷纷关门大吉。"一夜暴富"的幻灭使很多人离开城市前往农村寻找生计。

三、明尼苏达州的成立与发展

1. 加入美国联邦

人口的持续增加一直伴随着明尼苏达领地的领土扩张，美国国会授权的赠地政策是吸引大量移民的关键。领地人民迫切希望能够成为美利坚合众国的一员，从而在美国国会中有一席之地。领地的政府官员是美国总统任命的，由国会负责监督，领地政府的财政支出来自国家财政部。如果成为联邦的一员，就可以选举自己的政府官员以及代表本州驻华府的参议员和众议员，就能够对国家问题进行投票，当然也意味着责任和义务。明尼苏达领地于 1858 年 5 月 11 日加入美国联邦，成为美利坚合众国的第 32 个州。人们欢欣鼓舞，以各种方式庆祝明尼苏达州成为美利坚大家庭中的一员，并期待着更大的发展。明尼苏达州于 1859 年 10 月举行了第一次议会选举，共和党的亚历山大·拉姆西当选第一任州长。此时，这里的人口已超过 17 万，农场超过 2 万个。1860年，圣保罗有了电讯，和外面的世界沟通更加方便。政府还筹建了三所学校。1861 年 4 月 12 日美国内战爆发，位处北方的明尼苏达人反对奴隶制。当天身在华府的州长拉姆西立即前往陆军部，承诺派出 1 000 名士兵，成为全美首个派遣士兵的州。到 1865 年内战结束时，明尼苏达州共招募了两万多名士兵。

2. 印第安人暴动

明尼苏达州第一批士兵刚刚抵达内战的前线，后方就爆发了美国历史上较为严重的印第安人暴动。印第安人有很多现实困境：白人的生活方式和文明侵蚀了印第安人部落的完整和传统习俗，他们觉得在和白人的贸易中受到了不公正待遇，当地政府配给的食物也不符合他们的饮食习惯。1862 年夏天，供应内战所需成了明尼苏达州的头等大事，因此印第安人没有按时拿到按条约规定的政府应该供应他们的食物和金钱，而负责印第安事务的部门极其教条的工作方式更是激化了矛盾。

8 月的一天，4 个印第安苏族人为了挑战几个白人进行瞄准射击，结果打死了三名男性和两名女性。恐惧中他们跑回部落住地。经过讨论，苏族人认为此刻是重新夺回原属于他们土地的最好时机，因为很多白人男子已经参军被送往了内战前线。当时苏族有 7 000 人左右，他们团结一心，决定采取行动。8 月 18 日，他们越过明尼苏达河，迅速包围了几个村庄，南岸是德国人集中的村镇，大约有 1 500 人，他们竭力抵抗着，但仍然遭到了印第安苏族人的杀戮，四百多名男性被杀，场面极其惨烈，女人和孩子们则被作为战利品带回部落。让我吃惊的是，同事 Patty 的太祖母就出生在那个地方，暴动发生的时候才三岁，其父亲带领家人逃离之后，因担心农场里的牲畜又折回，却被印第安苏族人发现，情急之下跳进附近池塘靠着麦秆呼吸才躲过一劫。听着 Patty

的讲述，我的脑海里想象着当年的惨烈场景，仿佛情景再现。

思耐岭军事基地的西布雷将军接到命令率军出击，同时增派兵力竭力保卫前来避难的民众，最后 2 000 多名苏族人被俘或投降。其中被判死刑的 306 人名单用电报传给林肯总统，但林肯认为那些犯了谋杀和强奸罪的人确实该死，而被控只是参与了暴动的那些人应该以战俘名义定罪，因此只批准了 39 人死刑。当然他的立场遭到了明尼苏达人的反感和痛恨。遭此浩劫的白人受到了补偿，州政府也通过信托基金补偿了苏族人，但取消了他们养老金以及保留地的所有权。

3. 明尼苏达州在各领域的发展

印第安人暴乱和美国内战结束后，明尼苏达州各行业迎来了迅速发展，因此也需要越来越多的劳动力。州政府专门成立了移民委员会，政府机构、商业机构以及铁路公司印制了各种语言的宣传册子，在美国东部及欧洲设立办事处以吸引移民到明尼苏达州来。到 1870 年，明州人口上升至 50 万人；其中，德国人有 5 万，挪威和瑞典人有 6 万，城市人口是农村人口的三分之一。

在 19 世纪 70 年代，伐木业仍然很重要，此时在明尼阿波利斯已建有 17 个利用瀑布水能兴建的锯木厂。可耕种的土地增加了三倍，一半多的耕地用于小麦种植。技术的创新使得面粉品质有了极大的提高，面粉业的快速发展使得明尼阿波利斯市成为全美乃至全世界面粉生产中心之一，机械化的农具也越来越多地用于农业生产。1871 年，密西西比河西岸已建有 23 个企业，包括面粉厂、毛纺厂、棉纺厂、炼铁厂、铁路机械厂、造纸厂和刨木厂。

在发展过程中，明州女性的力量也不可小觑。从前，妇女传统的社会活动主要集中在家庭和教会，内战之后她们逐渐开始走出家门，组建俱乐部。为了美化城市，1869年奥斯汀市的妇女成立了明州第一个俱乐部——"妇女花卉俱乐部"。几年后又诞生了音乐俱乐部、希腊研究俱乐部以及其他类型的俱乐部。她们制订学习课程、建立图书馆、美化社区、研究音乐戏剧和艺术、参与公共事务等，对女性争取平等的权利产生了很大影响。著名的"明尼苏达历史协会"就是在这些俱乐部的影响下诞生的。

4. 面粉加工业巨头通用磨坊的发展历程

1866年，企业家瓦士波恩（Washburn）在密西西比河畔建造了他的第一座面粉加工厂。1880年，公司在国际面粉加工业博览会上赢得金牌，于是将其最高品质的面粉命名为"金牌面粉"，至今依然是美国最畅销的面粉品牌。瓦士波恩在合并数个区域性的面粉加工厂之后，于1928年成立通用磨坊公司，并在纽约证券交易所上市，由此通用磨坊成为世界上最大的面粉加工企业。1869年，商人皮尔斯波利（Pillsbury）入股一家明尼阿波利斯面粉加工厂，几年之后使Pillsbury（中文译为品食乐）成为公司的商标。1983年，品食乐公司收购了哈根达斯，1997年又收购湾仔码头。2001年，跨越密西西比河的面粉加工业两大巨头——通用磨坊和品食乐合并，建立新的通用磨坊公司，成为世界上最大的食品公司之一。

5. 发展过程中灾难性的事件

19世纪70年代工业发展成为美国社会的主旋律，但这个时期发生了几个灾难性的事件：1873年明尼苏达州一场严重的暴风雪，夺去了 70 人的生命。由杰库克金融公司倒闭引发的全国性金融风暴也影响了明尼苏达州，杰库克曾承诺把德卢斯作为铁路在苏必利尔湖区的终点站，而德卢斯能否繁荣与这个承诺息息相关，德卢斯因此损失惨重，几天的时间内城市几乎破产，人口从 5 000 降到了 1 300。最严重的灾难来自蝗灾：明州 29 个县遭到了灭顶之灾，蝗虫过后庄稼被啃食得精光，连衣服和木头都没放过，州政府调拨了大批粮食才使百姓免于挨饿。1878 年，明尼阿波利斯一家面粉厂发生了粉尘爆炸事故，18 个人遇难，这次事故给工厂安全敲响了警钟，全国各地纷纷引入安全机制以改进安全措施。

6. 19 世纪末的明尼苏达州

19 世纪 80 年代，农业和铁路的迅速发展引发了更大规模的移民潮，到 1885 年，明尼苏达州人口达到 100 万。城市以高于农村五倍的速度迅速发展，现代化的学校校舍成了问题，于是州政府开始征收教育税，接着就是推行义务教育、进行课本立法、裁定政府补贴等措施。1883 年，明尼苏达州罗切斯特市发生了龙卷风，受伤者无数。梅奥博士是当地的卫生官员，他受命和圣弗朗西斯修道院一起照顾 100 名伤员。1889 年，由梅奥博士和他的儿子们监管的圣玛丽医院宣布成立，从此梅奥家族开始扬名天下，至今梅奥诊所依然是美国乃至全世界顶尖的医疗机构之一。19 世纪 80 年代矿产资源的开发使得盛产铁矿石的明尼苏达州北部地区成为全世界铁矿产量最高的地区。1884 年，第一车铁矿石从苏必利尔湖湖畔的德卢斯港运往美国东部地区。矿业的发展促进了城市的发展，小城如雨后春笋般出现在苏必利尔湖区的松林里。矿业的发展也带来了移民潮，大批东欧人涌入明尼苏达州进入矿业。1898 年，明州迎来了 40 岁生日，州府圣保罗的议会大厦已经开始了浩大工程的建造，这是明尼苏达州的第三座议会大厦，历时 9 年才建成。新议会大楼气势恢宏，堪称当时美国各州议会大厦的典范。

四、20 世纪的明尼苏达州

20 世纪来临时，明尼苏达州已经历了巨大的变化，在 40 年的时间里由荒原变成了生机勃勃的绿洲。尽管仍然有大片的林地待开发，但明尼苏达州仍然是全美伐木业的领头羊之一。奶业在发展，分工协作的合作方式使得奶制品的产量、质量和利润逐步提高。地方银行贷款方式的改进和铁路运输班次和效率的提高大大改善了农民和农业的境况。制造业的发展使得大量农村人口向城市转移。1915 年，美国钢铁公司在德卢斯市附近建造了大型钢厂，使得明州的铁矿石产量几年后成为全美第一。

19 世纪末 20 世纪初的美国一派繁荣景象，被称为"镀金时代"。工业化给社会带来极为丰富的物质财富，但繁荣景象之下却掩盖了这个时期的大量社会问题：垄断组织垄断生产和销售，使大批中小企业被吞并或破产。垄断组织对森林和矿产资源的掠夺性开发，使美国森林面积由 1861 年内战前的 8 亿英亩锐减到 1901 年的不足 2 亿英亩，生态环境遭到严重破坏。社会分配不公和贫困化问题突出，当时 1% 的美国人占有近一半的国家财富，而大量工人、农民和移民却日益陷入贫困的深渊。工农贫困化直接引发社会骚动和阶级冲突，工人运动此起彼伏。

此时的明尼苏达州也深陷其中，城市管理极其混乱。沮丧的人们呼唤公正有效的政府，这时约翰·强森出现了。强森是明尼苏达州一个瑞典移民铁匠之子，13岁就辍学帮助母亲养家。凭借勤奋好学，他成为当地一家公司的股东，并逐渐走向政坛。能言善辩、幽默十足的品格加上个人魅力使得加入民主党之后的强森迅速走红并当选州议员，1904年被提名为州长候选人并赢得了选举。强森在共和党控制的州议会中成功地开展了大量的工作：进行税制改革、引入新保险法规、铁路立法、建立州银行部、扩大劳工商业企业部门的职能、对城市公共设施拥有和使用权立法等。出色的成绩使得强森在美国民主党中声名鹊起。1908年，约翰·强森被提名为民主党总统候选人之一，不幸的是强森于次年患病离世，令人扼腕。20世纪初至第一次世界大战前，强森和他的继任者们致力于通过立法解决新时代所带来的社会问题，如扩大政府职能以限制日益膨胀的财团权力，改善劳工的工作和生活条件，保护妇女儿童的权益等。

20世纪初的进步运动使美国恢复了生机，电报、电话、无线电、汽车和飞机的发明让美国人对未来充满了希望，也对世界和平充满了渴望。旨在促进和平的社团组织如雨后春笋出现在各地：如1910年成立的卡耐基国际和平基金会，1911年成立的全美和平委员会等。但此时的欧洲没能避免大规模战争的到来，1914年第一次世界大战爆发，美国国内立即出现一片反对之声，认为这是历史的耻辱和罪恶。明尼苏达人感到震惊，成立于1913年的明尼苏达和平协会到1915年会员增加到7万人。1914年，在明尼苏达州博览会上人们发起了和平集会，打出了"要面粉桶，不要枪桶"的口号。

当时的美国总统威尔逊号召人们保持中立，但由于美国是由不同民族、语言和传统构成的移民国家，支持哪一方的困扰不可避免。比如，看到比利时人在"一战"中遭受的苦难，比利时裔美国人立刻组织起比利时救援运动。同样的组织在英裔、法裔、意大利裔、波兰裔以及犹太裔移民中迅速成立。明州人渴望和平，然而当美国卷入"一战"时，爱国热情令他们迅速行动；上千的男儿立刻奔赴战争前线，后方以各种培训形式为战争做准备，如培训机械师、汽车和飞机维修工等。到"一战"结束时，明州以各种形式在军队中服役的人数多达12万。圣保罗市成立了空军服务机械学校，明州共有8所高等院校成立了"学生军事训练团"。作为美国的大粮仓和铁矿石之地，明州为前线输送了大量的面粉和战争所需的铁矿石。各种战时委员会纷纷成立，而后方则经常面临省电停电、停暖、停气和食物短缺的日子。在高涨的爱国热情之下，希望和平的声音都被贴上亲德派和对国家不忠的标签，有些官员因为和平言论遭到解职，有些甚至惨遭入狱。

"一战"之后，工业革命的持续发展给美国人的生活带来了巨大的变化。无线电时代的到来使得收音机成为政治、教育和娱乐领域的重要元素。1923年，明尼苏达州已经有23家广播电台。电影开始取代剧院，艺术馆和交响乐团的出现给人们带来了多元化的文化追求。著名的梅奥诊所吸引了整个医学界的目光。由于"一战"期间大批男性上前线，女性去工作成为普遍现象，冰箱、洗衣机、洗碗机等家用电器的发明把女性从家务劳动中解放出来。随着女性地位的提高，她们开始从政。明州的女性对政治权利的要求始于 19 世纪 70 年代，当时在全国影响很大。1923 年，明尼苏达众议院产生了四位女性议员，1927 年，一名女性成为代表明州的两名美国联邦参议员之一。在相对和平安逸的 20 世纪 20 年代，明州涌现出各种社团组织，如青少年童子军、野营女孩等，中老年人有高尔夫俱乐部、桥牌俱乐部等。至 1930 年，仅明尼阿波利斯市就有 1 000 多家社团和俱乐部。

美国 19 世纪 30 年代的经济大萧条源于 1929 年纽约股市的崩溃，很快便波及全国。明尼苏达州遭受的第一个打击就是有着 2 000 万美元债务公司的倒闭。随着越来越多的公司倒闭，失业人数剧增，人们只能靠政府救济。1932 年，明尼苏达州有几个县几近破产。1934 年又爆发了大面积旱灾，几千亩的肥沃土地几乎旱成了焦土，河流、湖泊、池塘也都干涸；数千头牲畜由于缺乏草料而饿死。在干旱不算严重的明尼苏达州西北部，南达科他州和北达科他州两个邻州的农民们赶着饥饿的牛群进入此地区，对明尼苏达州造成了威胁。因此州长颁布政府令，严禁牲畜跨越州界，甚至派出了巡逻部队。这在全国引起了轰动，被戏称为"奶牛战争"，所幸没有造成严重后果。在此情形下，明州人在州长奥尔森的带领下，在罗斯福总统新政的支持下，重建信心度过了艰难岁月。仅 1933 至 1934 年，明州政府就支出了 3 900 万美元用于救济，这其中 85% 的救助金来自美国联邦政府。

1942 年美国宣布对日本开战，明州派出大批士兵奔赴前线为国而战。1947 年，明尼苏达大学的科学家们开始研究原子核结构。1958 年，圣保罗举行盛大庆典庆祝明尼苏达州建州一百年，此时的明州人口已超过 300 万。1987 年，明尼苏达州已建有 33 所公立大学和40所私立大学。明州科技领域发展迅速，梅奥诊所已成为世界医学领域的翘楚，明尼苏达大学医学院和医学中心也发展成为美国医学界的佼佼者。其间，明州人口持续增长，从1858年建州之时至160年后的2018年，人口数量从17万增长至560万。

明尼苏达州的人口构成和移民历程

一、明尼苏达州的人口构成

在我接触的老师和朋友中，其祖辈大都来自欧洲，尤其是北欧。比如 Patty 母亲的家族来自德国，父亲家族来自挪威，Richard 家族来自德国，Jerry 家族来自瑞典和英国。这和美国东岸以英国人为主建立起来的殖民地不同，也让我对明尼苏达州的人口构成和移民历程更加好奇。通过查阅史料，我对这个北疆内陆州有了更清晰的认识。

明尼苏达州被称为斯堪的纳维亚人的第二故乡，北欧裔白人是这里的主要族裔，这一点在 ARCC 的师生中得到了进一步印证，在教工中尤为明显。在我所见到的教工中除两名非裔和三名亚裔外，其他全部是白人教工。由于学生中有 12% 是来自世界各地的国际生，因此学生比例并不能完全准确地反映明尼苏达州的人口比例。我的汉语初级班共有 13 名学生，7 名白人学生，3 名苗裔，2 名越南裔，1 名华裔，中国文化课的学生大体也是这样的比例。汉语中级班只有 2 名白人学生。

目前，美国人口总数约为3.27亿人，欧美裔白人约占65%，拉美裔约占16%，非裔黑人约占12%，亚裔约占6%，而明尼苏达州的欧裔白人人口比例要高得多。明州目前人口为560万，85%以上的居民是欧洲人的后裔，其中比例较高的德裔占38%，挪威裔占17%，爱尔兰裔占12%，瑞典裔占10%。非裔黑人占全州总人口的5.7%，拉美裔占5%，亚裔占4.5%，原住民印第安人仅占总人口的1.3%。

明尼苏达州这块北疆之地最初是以游猎和采集为生的印第安人的家园。从17世纪开始，法国人来到该地区探险，并开启了和印第安人之间的皮货贸易。英法战争之后，英国从法国手中取得大部分地区，美国独立战争胜利后的1783年英国将这一地区让给美国。1819年，美国政府在密西西比河和明尼苏达河汇合处建立了第一个军事基地（思耐岭军事堡垒）和白人定居点，从此这里便开始了19世纪浩浩荡荡以欧洲尤其是北欧白人为主的移民运动。受美国赠地政策的吸引，大量的欧洲人和美国东部的美国人陆续涌来，在这里开疆拓土，把这块边疆之地发展成为中西部地区的大粮仓。1849年，明尼苏达领地成立，1858年5月11日加入美国联邦，成为美国第32个州，当时人口已达15万。

除了移民，明尼苏达的人口构成中还有第二次世界大战之后来自世界各地的难民。"二战"之后，由于美国修订了有关接收难民的法案，解决了"二战"之后来自德国、奥地利、意大利和东欧国家大约40万名无家可归者的问题，也解决了20世纪50年代匈牙利革命所导致的难民问题、60年代来自古巴的难民问题、70年代来自东南亚和中东地区的难民问题、90年代来自非洲索马里等国家和地区的难民问题。而热情的明尼苏达人接收的难民人数占全国难民总数的 10%，其中 20 世纪 70 年代来自越南、老挝、柬埔寨及苗族难民和 90 年代来自索马里的难民人口规模较大。如今，这里已成为苗族、尼泊尔族和索马里族移民群体在美国最大的聚集地。

近年来，以墨西哥为主的拉美裔移民成为明尼苏达州的新移民主力。目前，明州少数族裔人口数量的来源国依次为墨西哥和中美洲的国家、印度、老挝、索马里、越南、泰国、中国、韩国（以收养的韩国孤儿为主要韩裔人口）①、埃塞俄比亚、利比里亚和缅甸。而明尼苏达州的原住民印第安人目前仅占总人口的 1.3%，州内共有 7 个印第安人保留地（Indian reservations）和 4 个达卡他族社区。

二、明尼苏达州的移民历程和路径

美国是一个典型的移民国家。从 17 世纪初以英国为主的欧洲对北美的殖民开始至今已有 400 年的历史，经过四个世纪的发展，美利坚合众国已成为一个由 100 多个民族组成的混合体。在美国建立之前 170 多年的殖民地时期，由于盎格鲁·撒克逊的英国人在向北美移民的角逐中首先站住了脚，这就决定了他们的宗

---

① 明尼苏达州的韩裔群体相比其他亚裔群体人数较少，根据 2010 年的统计数据，明尼苏达州的韩裔人口总共只有 2.1 万人，但被收养的韩国孤儿就多达 1.5 万人，他们大都是朝鲜战争的遗孤，是明尼苏达州韩裔群体的主体。这要归功于明尼苏达州的韩裔名人韩先生，由于他的努力，明尼苏达州在全美成为韩国孤儿最大的收养之家。

教、文化传统和价值观在相当长的时期内成为主导美国社会的主流文化和价值观。在18世纪末美国建国之初，美国人口仅有390万。除了大约76万黑人外，其余几乎都是清一色的白人，并且绝大部分来自西欧。建国之后西进运动的推进促使美国政府改变了移民政策，吸引了以欧洲为主、来自全世界的移民。1820—1920年，美国一共接纳了大约3 350万移民，形成持续百年的移民潮，被美国历史学家称为"伟大的人类迁徙运动"。到1920年，美国的人口总数超过1亿。

为什么这些人愿意漂洋过海、远离故土来到这片陌生的土地？要知道，在那个只能靠船远行的时代，要承受几个月的海上颠簸和重重危险需要莫大的勇气，个人也面临着未知和变数。移民浪潮主要源于当时欧洲的社会变革。19世纪初，欧洲社会经历了巨大变化：一是欧洲人口在1815年之后增加了三倍；二是工业革命使得大批农村劳动力涌向崛起的工业中心城市，但大多数欧洲国家的工业化不足以吸纳这些劳动力；三是欧洲农村地区很多人也处于穷困之中。一些地区还频频发生灾难，比如发生在爱尔兰和芬兰的大饥荒，在这种情况下人们不得不背井离乡来到美国这个新兴国家寻找机会。当然，也有一些人是由于政治上的不公平、宗教迫害、等级森严以及强制兵役等原因离开自己的故土。反观美国，当时正处于建国初始阶段，新大陆亟待开发，土地充足且廉价、社会公平、机会均等，因此吸引了成千上万的欧洲人漂洋过海来寻找机会；对于普遍只有几英亩土地的欧洲农民，人人可拥有上百英亩土地的美国成了他们的梦想之地。而对于欧洲、亚洲或墨西哥的工人，美国一个熟练工人一小时的工钱就相当于在自己的国家干一天的收入，每天5毛至1块钱的收入简直就是富翁。

移民们怀着各自的梦想，远涉重洋来到这片理想中的土地。他们发展、造就了美国，也改变了美国。在移民潮中，美国无须教育和培训便从欧洲得到成千上万的熟练工人。他们带来了钢铁、纺织等工业技术，以及煤气、电力、自来水等市政建设技术，成为美国工业革命和市政建设的重要技术力量。中国、日本和菲律宾等亚洲移民带来了农业、渔业和园艺技术。在移民中，85%的人年龄为14～44岁，且以男子居多，正值年富力强之时，为美国的棉纺织业、采矿业、建筑业等提供了充足的劳动力。美国也因此在短短一百年里迅速崛起，成为世界头号经济大国，并为以后成为世界超级大国打下基础。

在这百年移民潮中，有超过一百万人来到了明尼苏达州。从19世纪20年代开始，大批英国人、德国人、北欧人以及早期来到美国东部的美国人被廉价土地所吸引，跋山涉水来到北美中西部，在沿河地段以及铁路沿线置地建屋、垦荒种田、建立贸易市场。屈从于白人压力，原住民印第安人被迫陆续让出一块又一块的居住地。19世纪中期铁路时代的到来更加剧了白人移民对土地的要求。1849年当明尼苏达成为美国领地的时候，人口只有区区不足5 000人，9年之后的1858年明尼苏达州加入美国联邦时人口已经达到15万。这些移民们的身份各异，有德国杀猪匠、瑞典雪茄制造者、英国泥瓦匠、苏格兰烘焙师、爱尔兰木匠等。那些先期到达美国的移民用赚到的钱资助想来美国闯天地的亲戚朋友，并为他们提供落脚之处，久而久之，聚集在一起的同乡形成自己的社区，这些居所往往能反映移民其欧洲家乡的各种联系，如明州布朗思斯特恩思县的德国人、圣克洛伊河谷县的瑞典人、费尔蒙和红河谷县的挪威人、拉姆西和达卡塔县的爱尔兰人、铁矿地区的芬兰人和南斯拉夫人等。到 1900 年，德裔、瑞典裔和挪威裔人数在明尼苏达州移民中排名前三，全州人口超过了 175 万。到了第二、第三代移民，原属国的观念大大减弱了，同乡亲戚的关系不再紧密，他们已成为美国人。

到 19 世纪末，廉价土地越来越少，而工业发展和铁路建设等各个领域需要大量的劳动力。这时来到明尼苏达州的劳动力主要来自包括相对贫穷的南欧、中欧、东欧和俄国，他们大都集中在城市和工业区。"二战"后，美国接纳了大批来自苏联控制下的东欧各国的政治难民，大约有 7 000 名难民被安置到明尼苏达州，其中有近一半是波兰人。"二战"后明尼苏达州还接纳了大量知识分子群体的移民。在亚裔群体中，华人最早是在 1876 年从排华严重的美国西岸辗转来到明尼苏达州的。20 世纪 70 年代后期，数千名越南人以越战难民身份被安置在明尼苏达州。80 年代初，大批生活在东南亚各国的苗族人也以难民身份来到明州，使得双城成为全美最大的苗族人社区。进入 21 世纪以来，明尼苏达州对高技能人才的需求吸引了大量有技术背景的亚裔移民，亚裔人口显著增加。这个时期移民至明尼苏达州的亚裔人口占同期明州移民人数的 30%，拉美裔移民占 29%。目前，在明州亚裔群体中，老挝裔、印度裔和华裔分列移民人数前三位。

20 世纪 50 年代之前，明尼苏达州有 50% 以上的人生活在农村。美国的土地法，尤其是 1862 年颁布的《宅地法》大大鼓励了人们从事农业生产。比如，一个开荒者在明州可以无偿获得多达 160 英亩的土地。最初开荒者们主要种植小麦，后逐渐转向多种农作物种植，比如玉米、大麦、燕麦、大豆等；一些人开始从事畜牧业，许多家族经营的农场超过了 100 年。城市运动始于南北战争之后的工业革命，19 世纪末工业革命的进程加速，城市的工作机会大大增加，吸引了很多移民，城市人口大大增加。到1950 年，明州城市人口超过了农村人口。1890 年，圣保罗和明尼阿波利斯的人口接近 30 万，占全州人口的 23%，明尼阿波利斯成为当时全美第 15 大城市。随着交通和通信设施的发展，双子城作为经济和文化中心的地位更加突出。1914 年，明尼阿波利斯成为联邦储备地区的总部，其影响力辐射到邻近的南达科他州、北达科他州、蒙大拿州、威斯康星州和伊利诺伊州。1970年，双子城及近郊都市圈的人口达到 75 万，拥有几十所大学和学院，世界四大电脑公司的总部或生产厂家、一百多家电子公司以及享有国际声誉的医疗中心，吸引了大量的知识分子和专业人士来这里工作和生活。千禧年到来时，明州人口达到 400 万。

　　美国于 1776 年成立，但 1820 年之前来到明尼苏达州的移民少之又少，那时中西部地区大片的土地尚未开发，交通不便。欧洲移民们多选择大西洋沿岸的港口城市落脚，比如来自英国和爱尔兰的移民对纽约港和波士顿情有独钟，德国人选择华府附近的巴尔的摩落脚，法国人则前往南部的新奥尔良。而亚洲人尤其是中国人，从香港出发坐船跨越太平洋到达美国西岸之后往往就在那里安顿下来。随着蒸汽船的发明和 1825 年伊利运河的开通，一部分欧洲移民在到达美国各沿岸港口之后，选择坐船继续向中西部前行。1852年，铁路开通至芝加哥及密西西比河流域。至此，希望在密西西比河流域获得土地的人们再也不用通过水路和陆路蜗牛般缓慢前行。廉价的土地和便利的交通使得亟待开发的明尼苏达州成功吸引了大量的欧洲移民和东岸的美国人。到19世纪70年代，蒸汽船基本被铁路取代。1867年，第一条连接芝加哥和明尼苏达州的铁路开通，1870年火车通到明州北部的德卢斯市。19世纪的后三十年里，铁路公司靠售卖铁路沿线的土地吸引了大批人涌向明尼苏达州西南部的大草原和东南部的红河谷。铁路建设的蓬勃发展使得明尼苏达州四通八达，成为至少四条跨州铁路线的枢纽。20世纪初，铁矿石的发现和开发又将人们引向储量极为丰富的明尼苏达州东北部。20世纪20年代后，铁路逐渐让位于汽车和飞机。到30年代时，明尼苏达州已经拥有2 800英里沥青公路。明尼苏达州首个机场于1923年落成，在当时的美国，机场仍属于凤毛麟角。"二战"以后飞机基本取代了铁路，成为移民前往明尼苏达州的主要途径。

明尼苏达州主要族群的移民之路

来到明尼苏达州之前，我对印第安人的印象和认识大都是通过电影和书籍而来，他们给我的感觉是一种神秘的存在。跟 Patty 聊了这个话题之后，她给我讲述了她的太祖母家族在 1862 年印第安人暴动中经历的惨案，又带我去双子城南部大约 100 公里之外的"草原岛"（印第安人保留地）和他们经营的赌场参观了一番，让我对印第安人今天的生活现状有了一些感性了解。之后通过阅读相关史料，我对明尼苏达州的原住民以及后来的移民有了进一步的认识。

一、明尼苏达州的原住民——印第安人

1. 20 世纪之前的苏族和契迫瓦族

明尼苏达州是印第安苏族和契迫瓦族的故乡，在 17 世纪法国人来到北美之前的 700 年间，他们一直是这个地区的主人。从 19 世纪中叶开始，这片土地的主人见证了白人是如何以惊人的速度攫取了他们赖以生存的土地，并将其发展成为今天的明尼苏达

州。苏族和契迫瓦族的语言和文化各不相同，但生存方式和组织方式很相似：春天采集枫糖，夏天采摘各种莓果，秋天收获野稻，冬天狩猎。春、夏也是播种玉米的季节，除了播种玉米，他们还学会了种植土豆、豆类和南瓜。

1679 年，法国探险家德卢斯等人来到此地，开启了与南部苏族人和西北部契迫瓦人的皮货生意。由于德卢斯的斡旋，起初两个部落的关系和平友好，可以互相进入对方的地盘。然而，当 1736 年法国人在明尼苏达州西南部建立了贸易站之后，契迫瓦族无法再进入苏族的地盘，贸易关系恶化导致两部落间长期的争斗。18 世纪 80 年代，契迫瓦人控制了从北部红湖到小瀑布之间的大片土地，1800 年苏族部落又夺回了南部密西西比河流域的大部分区域。此时美国的西进运动已经开始，1805 年，印第安人出让给美国政府两块土地。1820 年，中西部地区首个由联邦政府建立的军事基地——思耐岭军事堡垒就在印第安人出让的一块土地上建立起来。到 1849 年，明尼苏达成为美国领土之时，人口规模只有不到 5 000 的契迫瓦族仍然控制着明尼苏达州北部三分之一的森林地带，而苏族各部落驰骋在广阔的明尼苏达州南部草原。

明尼苏达成为领地之后，白人西进的脚步加快了，苏族和契迫瓦族各部落被迫离开自己的家园，迁入政府指定的印第安人保留地。到 19 世纪 60 年代中期，他们世代生活的明尼苏达大部分区域已经通过不平等条约被美国政府以极低的价格卖给了白人。当时的白人大都来自北欧，明尼苏达州的议员们为了获得他们的政治支持更多考虑的是他们自己的诉求，印第安人的正当诉求往往被搁置。苏族人的经历尤其悲惨，政府承诺每年支付的资金不能按时到位，给予农业援助的承诺也不能兑现，因此他们纷纷回到以前世代生活的瓦巴沙、红翼和法利保特地区（今双子城南部的三个县），但大量的白人已经开始在这里定居，矛盾不可避免。1857年，杰克逊县发生了印第安人屠杀白人的事件，这对已经开始紧张的双方关系雪上加霜。1862年8月，苏族人袭击了明尼苏达河谷地带的白人居民区，后来又演变为试图将白人逐出明尼苏达州的战争。暴动持续了几个星期，四百多人被杀，大量房屋被烧毁，给白人与印第安人的关系带来长远的负面影响。愤怒的白人要求政府将苏族人全部逐出明尼苏达州。最终39名苏族人被施以绞刑。北部的契迫瓦部落和白人之间虽然没有经历大的战争冲突，但也没有逃过被驱逐的命运。

2. 20世纪之后的明尼苏达印第安人

整个19世纪，印第安人的家园、财产和文化几近毁灭，印第安各部落人被随意驱赶，在印第安老年人的心中，曾经的家园已经成为遥远的神话传说。孩子们被迫离开亲人被送往专门学校接受白人的教育，而父母根本不知道自己的孩子身在何处甚至是否在世。印第安人的宗教信仰被当作迷信，他们既失去了原本有效的部落组织，也未能得到政府及时有效的经济支持和人道帮助。

印第安人的生存现状引起了很多人的反思和广泛的社会关注，要求改革之声四起。1934年，国会通过了关于改善印第安人教育和印第安人保留地的法案。根据法案，明尼苏达州各保留地的苏族人和契迫瓦族人通过投票开始重新组织自己的保留地，每个保留地由选举出的委员会来管理，为后来印第安人继续进行自治改革奠定了基础。1963年，明尼苏达州成立了"印第安人部族间事务委员会"，作为州立法与印第安人事务的纽带，委员会成员包括11名保留地的主席、5名城市居民和2名生活在明州但不属于各部族的代表。这样的做法在美国是首创。

印第安人面临的各种问题中，最大的问题是经济问题。本来局限在保留地的生活方式就与印第安人的游牧传统相悖，加上划给他们的保留地或相对贫瘠，或靠近湖边，不适于耕种，导致他们在经济上一直处于落后状态，无法在发达的商业模式中立足。他们一部分人靠卖工艺品为生，比如编篮子、做首饰和木雕；一部分从事印第安服务业；还有一小部分在私营小企业中做工；也有很多完全靠政府补贴度日。混血一族与白人融合得相对较好，他们大部分在保留地附近的城市生活。

"二战"后印第安人逐渐向城市迁移。到1980年，在明尼苏达州的15 000名印第安人中，约有5 000人生活在双子城和德卢斯市。这些人往往住在条件简陋的房屋中，就业机会少，他们的身份及其特有的文化传统使得他们难以融入当地社会。他们试图保持自己的文化，也尝试通过建于20世纪70年代初的印第安人组织如"中西部印第安中心""美国印第安运动委员会"等来宣传自己的传统价值。他们组织一年一度的印第安周，举办公立学校的教育活动，也有个别学校提供印第安语言和文化课程。1975年成立的"美国印第安商业发展公司"，旨在在印第安人居住区建立购物中心，既能为印第安人提供就业机会，也能服务于印第安人，这样的行动在全美范围内都很少见。

从19世纪90年代开始，联邦政府在保留地为印第安人子女开办学校，上学的孩子人数从开始的15%增加到20世纪20年代的60%，30年代普及到90%以上的孩子。但由于白人的价值观以及种族歧视观念的存在，加之印第安人即便完成学业也难以找到相应的工作，因而学生的出勤率很低，辍学率很高，教育成效大打折扣。从1955年开始，明州政府为印第安学生设立奖学金和助学金，当年就有43名印第安学生进入大学或接受职业培训。1969年，明尼苏达大学成立了美国印第安文化研究学系，每年都有几十至几百名印第安学生注册该系。1956—1973年，有超过300名印第安学生完成了四年的大学教育，35名获得了硕士学位。仅1971—1972年一年，就有1 025人得到了助学金。

美国的印第安人直到1924年才获得了公民权。1975年，《印第安自制与教育改革法案》的通过使印第安人的合法权益得到了保障，其地位和公众形象也在不断提高。他们越来越多地参与到自身事务的管理中，各保留地建起了学校、医院和娱乐场所，甚至发行了印第安人报纸。印第安保留地自身的作用在不断加强，而州政府则转向在医疗、教育、经济发展以及社会服务等领域给予针对性的帮助。为改善保留地印第安人的经济状况，美国联邦政府允许他们在保留地或印第安社区经营赌场。今天，明尼苏达州大部分印第安人保留地都开设有规模不一的赌场，规模较大的如南部的印第安人社区"草原岛"、中部的米拉湖印第安社区和双子城附近的神秘湖赌场，他们的赌场生意兴隆，其顾客几乎全是老年白人。神秘湖赌场是全美最大的印第安人赌场之一，拥有一家600个房间的宾馆、5个餐厅、一个2 100座位的大礼堂、一个18洞高尔夫球场、一个可容纳8 300人的圆形剧场和会议中心。神秘湖赌场为沙克比市（Shakopee）米德瓦坎登苏族社区所拥有，这个苏族社区人口只有460人，因此他们成为全美最富裕的印第安人，每人每年的分红高达100万美元。

印第安人多年来一直为保持自己的文化和传统奋力抗争，美国社会也逐渐开始反思对印第安人的态度和做法，对印第安语言、文化和历史的了解和理解逐渐在健康、教育及社会服务等方案实施过程中体现出来。他们不必再丢掉自己的文化传统去融入主流社会，而是要成为一个成功的印第安人和美国人。到20世纪80年代，印第安人的文化和传统有了一定程度的复苏。在政治领域，印第安人的自治政策推动并加强了部落政治组织的权威性，同时这些部落组织对沟通印第安各保留地与州政府的关系、获得州政府的支持起了很大作用。在文学艺术领域，传统与现代方式的交织使得印第安文化重新焕发出活力，不仅丰富了印第安人的生活，也使美国社会文化更加丰富与多元化。印第安神话故事传说也吸引了很多艺术类学生来帮助传承他们的文化，尤其是表现社会生活各个方面的印第安音乐得以很好地传承和发展，比如生和死、人与人之间的关系、战争与和平，爱和欲望等。

节日庆祝活动——圣保罗市郊以印第安文化为主题的表演

二、明尼苏达州的法裔加拿大人和法国人

在北美工作和生活的法国人包括两个群体：法裔加拿大人和法国人。生活在明尼苏达州的法裔加拿大人虽然相对其他民族来说数量不多，但也是非常重要的一支力量，是明尼苏达州的先驱者，也是美国目前除新英格兰地区以外法属加拿大人最多的地方。

1492 年，在哥伦布发现美洲大陆之后，欧洲的探险家们陆续开始登陆美洲。法国人是十六七世纪探险美洲的先驱者之一，他们跨越大西洋到达北美东岸之后进入到圣劳伦斯湾，并在附近区域定居下来（今加拿大魁北克）。17 世纪后期，魁北克地区的一些人踏上了继续探险之旅，一部分前往魁北克的东南部——英国在北美的殖民地新英格兰地区，另一部分前往南部的湖区：密歇根、伊利诺伊和明尼苏达地区。法国的先驱探险家们在明尼苏达留下了他们的足迹，德卢斯市、汉拿宾县以及明尼阿波利斯市的几条主要街道都以这些先驱者的名字命名。密西西比河中游有一个县的几个村镇都是以法裔加拿大科学家尼古拉特（在 19 世纪30 年代首次将密西西比河的上游和密苏里河绘制成图）的名字命名，明尼苏达州还有一些河流、湖泊也是以法国先驱者的名字命名，如圣克洛伊河、米拉湖等。

1. 法裔加拿大人

大部分法裔加拿大人是法国 17 世纪路易十四在位期间来到北美圣劳伦斯河流域的农民后裔。当时的法国农村不仅农业生产

方式落后，而且赋税很重，因此很多农民要么去服兵役，要么和做皮货生意的公司签合同做工。他们离开了拥挤贫穷的家乡前往北美地区。加拿大的魁北克就是以这些人为主建立起来的法国社区。1660年以后法国政府向魁北克运送了一批巴黎妇女，加上遣散的士兵、皮货商以及陆续前来的亲属，魁北克逐渐繁荣起来成为法国人的第二故乡。到17世纪末，魁北克人口已经达到1.5万。到18世纪中期，人口发展到5.5万。到19世纪末，魁北克已经成为以法国和法语文化为主的加拿大最大的少数族群，并且很好地保留了法国17世纪时的宗教、语言、文化和法律体系。

由于圣劳伦斯河流域有廉价的土地、丰富的水资源以及河流所带来的交通便利，那里成为法国人最早的聚集区。当时北美没有道路，唯一的交通就是河流，因此他们的居所、教堂和磨坊都是沿河而建。他们秉承了法国人多子多福的传统，通常都是大家庭。19世纪初，农村地区的年轻人纷纷离开家乡，前往蒙特利尔和魁北克这样的大城市以及新英格兰地区的木材营地或加工厂去找工作。1837年发生了法裔加拿大人反抗英国统治的事件，在遭到政府镇压之后，更多的年轻人离开农村的家乡。当听说密西西比河上游流域有辽阔的土地和良好的生存条件时，法裔加拿大人蜂拥而至，先是青年男女，后来整个家庭加入其中。他们大都选择在沿密西西比河、明尼苏达河、红湖及红河河谷安居，大部分从事皮草和木材领域的生意。到19世纪末，圣保罗、明尼阿波利斯、德卢斯以及明尼苏达州西部的红湖县已成为法裔加拿大人的聚集地。

从19世纪20年代到70年代，法裔加拿大人和印第安人的混血后裔——美蒂斯（Metis）人，帮助建起明尼苏达州最初的道路。他们驾着牛车将皮草运到南部城市圣保罗，并从圣保罗运回其他可用来交易的商品。这样的贸易成为那个时期明尼苏达地区的经济支柱。法裔加拿大人在明尼苏达州的居住地位于密西西比河与明尼苏达河交汇处的两岸，集中在思耐岭军事基地和门多塔皮货贸易中心的附近区域。几位法裔加拿大人就成名于此，比如，路易斯·罗伯特，建造了圣保罗第一栋房屋，他后来成为成功的商人，圣保罗的一条街就是以他的名字命名。让·法利保一家人创建了明尼苏达州东南部唯一的法裔加拿大人殖民地，他于1839年在门多塔建造的房屋现已成为古迹受到保护。另外，还有几个城市或街道也以他的名字命名。他还和其他人一起建立了天主教教堂。1844年，新老法裔加拿大人开始从圣保罗向北开拓至今天的拉姆西县、阿诺卡县和小加拿大地区，到1970年时有些家庭已经有了第五代后人。

19世纪的后40年里，迁移到明尼苏达地区的法裔加拿大人人数倍增，有些直接从魁北克而来，有些先在美国东北部新英格兰地区、密歇根和威斯康星州生活数年后辗转来到明尼苏达州。到1898年，圣保罗的法裔美国人已达到1万人。双子城的罗马天主教教堂也在不断地增加，其中最著名的是圣保罗大教堂，1910年鼎盛时期的教会成员有900个家庭。

2. 法国人

欧洲大陆的法国人大规模移民美国主要发生在19世纪。在1821—1976年间离开法国来到美国的法国人有73万之多，主要的去向是纽约和法属路易斯安那地区。不同于欧洲其他各国，法国在 19 世纪时没有人口过剩的压力。法国大革命期间，天主教堂的土地被拍卖，封建税费也被废除。在后拿破仑时代，农民们不愿意看到辛苦争取来的土地分给自己的孩子们，因此生育意愿不强，在欧洲生育率是最低的，劳动力很容易被吸纳到当时的产业大军或法国在外的殖民地。因此，相对于欧洲其他国家，法国直接移民的人数较少。殖民地时期前往美国的大都是受宗教或政治迫害的难民，比如在 1685 年信奉新教的法国人要么必须皈依天主教，要么离开法国，因此一些新教徒直接到了北美殖民地，有的先去了英国或荷兰，后又辗转到北美。明尼苏达州的法国人不多，他们居住很分散，没有像其他民族那样形成集中的社群。

三、来自东部地区的美国人

早在 17 世纪初，以英法为主的欧洲人就怀揣各种目的和梦想来到北美大陆，他们陆续在大西洋沿岸建立了殖民地。这些开拓者与在 19 世纪移民大潮中来到北美的欧洲人不同，首先，他们的文化传统更多的是建立在英国盎格鲁—撒克逊文化基础上。其次，独立战争以后，殖民地时期各地的亚文化在阿巴拉契亚山以西的广大地区形成了特点鲜明的美国文化，即源于英国文化又逐渐在美国环境中发展出了新的价值观。这些殖民地时期的美国开拓者，他们的后代已经成为这片土地的主人，习惯了美国人的生活方式，身上有强烈的美国文化烙印。他们的政治哲学，比如对公民自由的保护、对个人财产的保护、政教分离以及自由市场经济的原则早已写进《美国宪法》。

成立之初的美国已经形成了有鲜明特点的美国文化，但不同地区仍然有区域特点，比如东北部的新英格兰地区文化（缅因、佛蒙特、新罕布什尔、马萨诸塞、罗得岛和康涅狄格），以宾夕法尼亚为中心的大西洋中部地区文化和南部的弗吉尼亚、马里兰和南北卡罗莱纳地区文化。新英格兰地区是清教徒建立起来的，他们文化程度普遍较高，大都是中产阶级、信奉源于加尔文教的英国新教。他们有强烈的使命感，离开英格兰远赴北美大陆就是希望在荒原上建立自己的理想国——山巅之城。他们对宗教自由的渴望也反映在对民主政府的孜孜追求上。对他们来说，民主社会还意味着这个社会一定是受教育程度良好的社会，因此他们最大的热情就是建学校，哈佛学院（哈佛大学前身）就是他们的杰作。接受良好的教育成为新英格兰人的标签。与新英格兰地区文化完全不同的弗吉尼亚和马里兰地区是乡村文化，其经济严重依赖烟草种植和英国市场，和英国保持着密切联系。大西洋中部地区的宾夕法尼亚是英国公爵威廉·宾建立起来的，1681年英国国王把这片土地授给了威廉·宾，贵格教派的威廉·宾希望这里成为英国贵格教派的天堂。宽松的宗教氛围逐渐吸引了大批莱茵河畔的德国人，加上路德派的荷兰人和再洗礼运动的后裔阿米希人，以及生活在阿巴拉契亚山边缘信奉长老派的苏格兰人，使得这里的文化和宗教更加多元。

　　总之，美国独立战争之前的大西洋沿岸已经形成了各具特色的殖民地文化，为19世纪西进运动过程中所产生的美国文化奠定了基础。在1830年以后的时间里，为了获得廉价土地，来自东岸三地的美国人陆续来到俄亥俄河以北、密西西比河以东的西北领地。在 1860 年铁路通行之前，中西部地区的运输主要依靠河流、湖泊和公路。尤其是密西西比河和俄亥俄河，是这些东部移民通往中西部地区的主要通道。新英格兰人认为南方人懒惰、没文化、缺乏宗教信仰，对以英国文化传统为代表的价值观是一种威胁，因此他们有责任在新开辟的地区通过建教堂、办学校来传播文化。他们从新英格兰地区沿着运河乘船向西，携带的家用物品自然比那些或步行或乘大篷马车千辛万苦越过阿巴拉契亚山的南方人要贵重得多。这些从南方到西部来闯荡的人的确受教育程度不高，也比较贫穷，他们很反感这些不通融且自高自大的扬基客（泛指新英格兰人）。

在明尼苏达州的新英格兰人中，有不少擅长伐木的缅因人。伐木业始于 17 世纪新英格兰北部地区，随着中西部地区人口的增长迅速发展，很快遍布整个五大湖区。在明尼苏达州的早期移民中，来自新英格兰最北部地区的新罕布什尔人和佛蒙特人居多，他们"健谈、热情、慷慨，淡泊名利"。1857 年，在明尼阿波利斯新英格兰西北协会的周年宴会上，一位发言者希望"明尼苏达能够继承东部老传统，建造新英格兰式的企业和辉煌的教育，希望看到安息日的钟声回响在山巅，茂密的森林充满着学校孩子们的欢笑，希望人们的智慧和高尚的品德将这里变成另一个新英格兰"。到 1860 年，明尼苏达州来自美国东部的移民中有一半是缅因人、新罕布什尔人和佛蒙特人。这些人中既有开发商、木材经营商和小商贩，也有"草根"政治家以及打算开办教育和教堂的教师与牧师。他们带着强烈的使命感建村筑镇，希望将明尼苏达州建设成为西部的新英格兰，为这里的发展奠定了基础。

明尼苏达州对于东部人的吸引一方面是因定居者给亲友的热情信件，另一方面是被州政府和铁路公司的合作推广吸引而来。1870 年在佛蒙特州的报纸上有一篇文章的题目是"北方之星——明尼苏达州"，文章热情洋溢："我们佛蒙特人去明尼苏达是没错的，那是一片希望之地，有广阔的土地等着我们去开发，只要你有决心有毅力，你一定会成功！"新英格兰潮湿的空气对身体健康不利，当时患肺结核的人也的确很多，明尼苏达州的干燥空气令人向往。1865 年，生活在明尼苏达州摩尔县的一个新英格兰人给波士顿的一家报纸讲述了关于新英格兰人给小城摩尔所带来的巨大变化，也提到了良好的空气和水质，甚至有些人的肺结核也治愈了。这些信息也促使大批受教育良好且家境殷实的东部人纷纷迁往明尼苏达州。

除了良好的气候因素，潜在的经济前景也吸引了大批东部美国人。当然，无论是气候还是生活条件，明尼苏达州远没有传说中的好，但他们中的大部分人还是坚持了下来，开荒、垦地、建房屋，并且按照新英格兰的模式建造村庄。几年之后，密西西比河的两岸建起了面粉厂、学校和教堂。新英格兰的生活方式比如饮食习惯、房前花草的种类等也都带到这里，为了和故乡保持联系，有些人订阅了《新英格兰农民报》。有人甚至觉得圣安瑟尼就完全是个新英格兰式的城市。他们在明尼苏达州建立以城镇作为地方政府行政机构的政治模式，由选举出来的委员会负责日常事务的管理，比如道路维护、税收、各种执照等，管辖范围在大约六平方英里之内。20 世纪之后以县为管理范围的县治替代了城镇。如今在明尼苏达州的小城镇里仍然可以看到当年的市政厅

（town meeting halls），这些目前仍然在使用的建筑见证了新英格兰人在明尼苏达州的民主进程。

　　明尼苏达州的文化结构或面貌很大程度是受来自东部沿岸的美国人影响和铸就，其中一个重要影响就是新英格兰的扬基文化传统，即清教徒式的纯朴价值观和对教育的高度重视；另一个影响是宗教。虽然他们信奉的都是英国新教，但教派不同，比如卫理公会派、长老派、公理会、浸礼会等，有的等级森严，有的相对宽容。他们不仅很快在明尼苏达州建立教堂，还对其他族裔的移民有着强烈的宗教使命感，比如给挪威人、瑞典人、德国人还有中国人举办礼拜日英语培训班、传教、请牧师等。有着宽松氛围的卫理公会派吸引了更多的教友。到1906年，明尼苏达州卫理公会派的教友达到了近5万名。

　　19世纪80年代，明尼苏达州的许多早期移民尤其是新英格兰人离开农村迁到了城市。他们有先天的语言优势，开商店、办银行、办报纸、筹建政府，既从事农业又投资商业。而东岸南部来的老美国人更钟情于农业。热爱伐木的缅因人依然生活在北部的林区。从一些地区名字便可知新英格兰人对开发明尼苏达地区的巨大贡献，例如：Burlington 和 Danville（佛蒙特人），Concord 和 Dover（新罕布什尔人），Lexington 和 Lynn（马萨诸塞人），Meriden 和 Newhaven（康涅狄格人），Rochester 和 Saratoga Utica（纽约人），Maine Prairie 和 Stillwater（缅因人）。

　　到1890年，出生于明尼苏达州以外的人口中来自美国东部和东南部的移民占15%，虽然人数规模相对不大，但他们对明尼苏达州的影响极其深远。第一次世界大战之前，明尼苏达州的18

位州长中有 14 位出生于东部新英格兰或是他们的后裔，身居其他高位的如法官、律师和高级官员也有同样的比例。到 19 世纪末，除宗教影响外，这些东部来的老美国人还成立了各种以不同地域为主的协会来施加影响，如"新英格兰协会""缅因之子""马萨诸塞协会""纽约协会"等。这些老移民大多是美国独立战争时期军人的后代，他们坚定地认为所有美国人都应该了解并维护这份共同的遗产，他们对明尼苏达州做出了极大的贡献。当然，由于当今社会少数族裔意识的兴起，明尼苏达州的新英格兰人后裔不再有地域性的庆祝活动，他们的后代也不再对自己新英格兰人后裔的身份有任何关注，但他们的文化已深深植根在明尼苏达州这片土地上。

四、明尼苏达州的英国人

这里所说的英国人包括英格兰人、苏格兰人、威尔士人和英裔加拿大人。英国对北美的殖民是从 1607 年开始的，跨越大西洋的移民潮一直持续了两个半世纪，但更大规模的英国移民发生在 19 世纪到 20 世纪中叶。从 1820—1980 年的 160 年间，有大约 800 万英国人永久落户美国。最高峰发生在 1910—1930 年，这 20 来年到美国的英国人（含英裔加拿大移民）总共超过了 400 万。

相比明尼苏达州的其他欧洲移民，英国人属于较早的开拓者。和 17 世纪早期到达北美东海岸的清教徒不同，来到中西部的英国人主要是为了寻找更好的生存条件或发财的机会。与其他国家的移民相比，英国人融入本地文化相对容易，一来没有语言障碍，且大部分受过一定教育；二来宗教信仰和工作伦理基本一致，与本地人通婚也不成问题。当然，也有他们极为不适应的地方，比如，本地英语已经美国化，有了美式口音和方言；明尼苏达州的气候极端，饮食不同；还有他们不太适应的民主氛围。英国人对皇家的热爱遭到鄙视，以北欧人为主的本地人对苦啤酒的喜爱也令他们讨厌，英国盛行的圣诞节后的节礼日和英国人喜爱的运动无人知晓等。中上层的英国人在落脚安居之后往往不想与粗放的美国人交往，在这样人烟稀少之地英国妇女尤其感到孤独。

1. 英国人开辟的殖民地

英国人在明尼苏达州的边疆开拓主要有三个地方：一是马丁县的费尔蒙；二是瓦蒂纳县的佛尼斯；三是克雷县的新依欧威尔。这三个地方都是在19世纪70年代美国铁路公司卖地时被英国人买下来的，但是由于没有很好地规划，在发展期间都遭遇了严重挫折。以南部的费尔蒙为例，在这里开拓的几家英国人属于上层社会，受过良好教育又有钱。他们从圣保罗一家中介机构和铁路公司买下了农场，还购买了牲畜、农具并雇用了劳动力，令邻居艳羡不已。虽然费尔蒙的英国人只占马丁县人口的4%，但他们的影响巨大。他们买下湖边的土地，建造了该地区最好的房屋。

英国人不喜欢分散居住，他们聚集在一起，因此得以保持英国的传统和习惯。明尼苏达州这块边疆之地竟出现了猎狐、赛马、划船以及英式橄榄球赛的活动。他们还建立了小城的第一座图书馆和教堂，投资打造英式商店、银行、面粉厂，甚至啤酒坊以专门生产英式黑啤酒为主。1874 年，在费尔蒙创办的《马丁县卫报》如实记录了英国人的所作所为。由于他们往往在冬季时节回英国过冬，报纸还刊载关于英国政治和社会的新闻以便这些边疆开拓者们随时了解英国动向，跟上潮流。遗憾的是费尔蒙这块小殖民地没能发展壮大。这些英国人过去从事各种不同职业，如军人、记者、股票经纪人等，他们也希望能够历练成为农场主，最好是绅士派的农场主，但由于缺乏经验，而且生活太过讲究、消费奢侈，因此当蝗灾袭来的时候没有足够的财力继续投入农业。后来人们陆续卖掉农场迁往圣保罗、明尼阿波利斯，或前往澳大利亚，有些甚至返回英国。剩下为数不多的一些继续在费尔蒙努力维护、领导着这片英式殖民地，直到 1940 年最后一位殖民者过世。

再来说说克雷县的新依欧威尔。来这里的英国人较多，大约有 200 人，但无一人有农耕经验。他们当中有泥瓦匠、锁匠、木匠、裁缝，还有玩具制造商、钢琴调音师，甚至还有一个轮船大副和一个骑兵指挥官，指挥官的哥哥还是驻西班牙外交官，另外还有三人曾经为维多利亚女王服务过。这些人虽然过惯了舒服日子，但来到这异常艰苦的环境中，仍然决心扎根农业。过去养尊处优的女性们显然没能很好地适应这样的环境，有一位从前是音乐和法语教师，来到这里不得不向佣人学习烘焙面包。但更多的女性无法适应这样的生活，一位六个孩子的母亲来到明尼苏达州之后的第二天就自杀了，还有三位女性也在同年死去。

这些英国人的近邻是新英格兰来的扬基人，他们虽然喜欢这些有着良好品格的英国富人，但关系不太融洽，因英国人觉得自己高人一等，这令他们不愉快，有一个本地主妇甚至为了和这些英国邻居看齐，出门时还要把自己打扮一番！英国人的影响在殖民地中不容小觑，毕竟早期英国的国旗和美国的国旗曾经一同飞扬。来自东部的新英格兰人和来自北欧的斯堪的纳维亚人逐渐接受了英国饮食和英国式的乡村集市。克雷县的人口在缓慢增长，英国人也有机会重拾旧业，这个小地方逐渐开始有了商店、药店、房地产机构，还有沙龙。他们积极参与政治，加入政党，并和当地的新英格兰人一起建立了联合教会。越来越繁荣的英式小镇吸引了英国人和加拿大人陆续加入，他们的子女们成年后大都离开这里前往圣保罗或美国的西海岸开创天地。到1972年，克雷县的哈雷地区只剩下5户英国人。

还要提一下一群来自英格兰西南部康沃地区的矿工。受英国经济萧条的影响，康沃的矿工从英国来到铁矿业和锡矿业正在蓬勃发展的中西部。仅在1884年矿主艾里沙就从密歇根运了两节车厢的英国康沃小伙子来到明尼苏达州做矿工。后来当数以百计的芬兰人和斯拉夫人来到这里的矿井之后，康沃矿工要么升为管理人员，要么迁往其他西部地区。他们那简单美味的土豆肉泥午餐馅饼，成为那个地区的美食被保留了下来。

2. 英国人在美国的土地开发

除了向美国移民，英国当时还向美国输出大量的货币，原因有三：一是1873年美国经济危机之后铁路公司需要大量的资金重整旗鼓；二是地价便宜；三是美国银行利率比以往高出三倍。当时英国人的投资占到了美国铁路投资总量的近20%，占英国对外总投资的18%。彼时活跃在明尼苏达州的英国公司有克罗斯兄弟公司和西部土地公司。克罗斯家四兄弟在 20 年间在 5 个县购买了共 48 400 英亩地，他们还在管石县替其他买家经营着 11 万英亩地。1881 年成立的苏格兰公司，总投资 50 万英镑，在管石县和穆雷县买下 84 000 英亩土地。这些英国公司对引进英国移民起了很大作用；他们帮助潜在的移民选址、安排越洋交通、建房，还允许这些新移民分期付款。英国人通过购买铁路公司提供的沿线土地给美国西部铁路的发展注入了所需资金，也通过给农民贷款使西部农业得以及时开发和发展。

3. 明尼苏达城市中的英国人

早在明尼苏达州还是领地时期，圣保罗、明尼阿波利斯和德卢斯就已经有了英格兰人、苏格兰人、威尔士人和英裔加拿大人。到 19 世纪末，各行各业的翘楚都可看到他们的身影。德卢斯市的苏格兰人尤其突出：银行家、食品批发商、行业协会的组织者，还成立了德卢斯生命救助站（海岸警卫队的前身）。他们设计、建造铁路，制造粮食运输机，建设办公楼、教堂和民居，还开矿，在湖区搞运输。亚历山大·默克道格尔发明了鲸鱼背式的矿石运输机，威廉·默克依文成为《劳工世界》杂志的主编，并在劳工运动组织活跃了 40 年。19 世纪为明尼苏达州做出巨大贡献的英国人有大西北铁路公司的缔造者—詹姆斯·希尔，明尼阿波利斯音乐学院的创始人—默克·费尔，圣保罗儿童医院的创始人——拉姆西博士，明尼苏达大学法学院的院长——弗雷泽，劳工领袖、编辑和"酒吧六点关门"法律的发起人——路易斯·纳什。

4. 英裔加拿大人开辟的殖民地

奇森县位于明尼苏达州的西北端，与加拿大接壤，这里有一个英裔加拿大人的集中居民区。1873年席卷北美的经济危机过后，加拿大各行业恢复缓慢，安大略省南部的人口越来越多，而明尼苏达州西北部和北达科他州东部广阔的土地和诱人的赠地政策吸引了这些人前来寻找机会，而且铁路经过这里，交通便利。从加拿大的安大略南部搭火车可以去往美国的水牛城、底特律和密歇根，然后在湖区搭船可以前往德卢斯，乘火车再到西北部的奇森县。英裔加拿大人从1878年开始大量涌入奇森县，到1880年在奇森县落户的有四百多人，其中有一半多从事与农业相关的工作，其他人有的开商店、开旅馆，有的从事建筑或铁路行业，既有医生，也有银行职员，为数不多的女性们大多是家庭主妇或给别人当佣人。1885年，加拿大太平洋铁路公司开通距离明尼苏达州最近的加拿大城市温尼伯的铁路之后，又多了一条通往奇森县的交通路线。一座座新教教堂在奇森县拔地而起。到20世纪中，除了少部分英裔加拿大人迁往邻州、美国西岸或加拿大之外，大部分家庭依然生活在这个偏于明州西北一隅的奇森县。

明尼苏达州英国移民的经历在美国并无特殊之处。相比其他国家的移民，英国人在婚姻和职业升迁方面没有遭遇那么多的障碍，但他们同样经历了广袤土地和极端气候的考验，经历了开荒垦地的艰难。由于没有对故土的回忆，英国移民的后代自然成了地地道道的美国人。

五、明尼苏达州的德国人、瑞典人和挪威人

1. 明尼苏达州的德国人

"德国人"这个概念很难界定，因为德国的边界在19世纪和

20 世纪处于不断纷争和变化中。1870—1871 年，普鲁士的俾斯麦打败法国之后把几个日耳曼民族国家统一起来，但"一战"和"二战"使得这些国家的疆域又发生了很大变化。因此，德国学界通常把德国人定义为操不同方言德语的中欧人，历史上不仅包括现今统一之后的德国，还包括卢森堡、阿尔萨斯、波兰、瑞士、奥地利、匈牙利以及东南欧的一部分。

由于上述因素，德国人的移民人数也比较难以确定。讲德语的人在美国移民史的三百年中仅次于英国人。德国人的移民从1683 年开始，建立的第一个殖民地是宾夕法尼亚的费城，持续不断的德国移民使宾夕法尼亚东南部成为具有鲜明文化特征的德国人聚集区，从那里向南扩展至佐治亚，向北拓展至纽约。1820—1900 年，超过 500 万名的德国移民来到美国：俄亥俄州、密苏里州、伊利诺伊州、威斯康星州、明尼苏达州等中西部各州都有他们的身影。

德国人多元化的宗教信仰在各移民群体中也显得较为突出；他们对持异见者相对宽容，这对后来美国这个新世界宗教多元化的形成起了非常重要的作用。从德国移民的规模和复杂性来讲，明尼苏达州的德国移民可以说是美国的一面镜子；他们不仅宗教背景多元化，行业背景也多元化，来自各行各业，受过一定程度的教育，经济状况相比其他北欧的移民要好一些。美国提供了所有人发家致富的梦想和机会，因此大部分德国移民前往美国的目的依然是以改善经济状况为主，也有少数抱着极大的宗教和政治热情来到美国追逐梦想。德国人，或讲德语的人从 1860 年开始成为明尼苏达州最大的外来族群。1880—1885 年明尼苏达州迎来了第一个德国移民高峰，到19世纪末，来自德国的移民人数接近12万，成为明尼苏达州移民人数最多的民族，直到1905年人口规模才被瑞典人和挪威人取代。因此，现在的明尼苏达州通常被认为是北欧斯堪的纳维亚人的第二故乡，而邻州威斯康星州则以德国后裔为主。

20世纪的两次世界大战都由德国挑起，也因此给美国各地的德裔带来严重的精神创伤；在明尼苏达州，"一战"期间曾经发生过由"明尼苏达公共安全委员会"发起的对移民群体的公然歧视，尤其针对德国人使用了各种手段进行诋毁和侮辱。州长任委员会的主席，在明州各地设立分支机构，组织各种活动进行宣传报道，要求所有外国人注册，并且禁止罢工和其他工会活动。讲德语的人群是重点监控对象，但整个非英语族群受到了极大的社会压力，被要求学英语、了解美国历史和价值观，以便尽快"美国化"。各种规模的"美国化"促进委员会遍布明尼阿波利斯、圣保罗和德卢斯这三大城市，明尼苏达大学还专门开设了培训课。"美国化"的趋势早就存在，"一战"的到来加剧了美国人对于来自不同背景的移民的恐惧，从而开始大规模地付诸行动。"二战"期间，相比德国移民，日本移民的遭遇更加悲惨，罗斯福的总统令使生活在美国西岸的11万日裔美国人被迫离开家园，被驱逐到荒山野岭集中居住直到1945年"二战"结束。

Patty的先生——68岁的Richard Pieper告诉我，其曾祖父来自德国，"一战"期间受到了巨大的压力。他禁止三个儿子（Richard的祖父和他的两个兄弟）参军，但在当时的爱国压力之下三个儿子还是参军成了德国军队的敌人，他的曾祖父此后便断绝了和儿子们的一切关系。由此可见，移民在特殊时期的两难选择。"二战"后的德国一分为二，成为东德和西德。直至今天，德裔美国人如果查找族谱或拜祖的话，仍然绕不过东德、西德这个冷战时期的产物。祖辈移民时的村庄或城镇早已在现代地图上消失，而有可能以新的名字出现在今天东欧的某个地区。

2. 明尼苏达州的瑞典人

瑞典人移民美国始于1850年，到1920年大规模移民结束时，大约有125万瑞典人离开家乡来到美国这个新世界，移民美国的瑞典人占到了整个瑞典人口的20%。而在美国各地的瑞典人中，定居在明尼苏达州的瑞典人最多，这里成为瑞典裔美国人的中心。时至今日，明尼苏达州仍然被认为是斯堪的纳维亚人尤其是瑞典人的第二故乡。

19世纪50年代是瑞典人来到美国的开拓时期，虽然这十年的移民人数只有1.5万，但给后来的瑞典移民在各方面打下了基础。瑞典移民在美国开辟最早的殖民地是在明尼苏达州东南部的伊利诺伊州，它逐渐成为瑞典人聚集的地方。后来的瑞典移民到达北美东岸港口之后，就乘船或火车直奔伊利诺伊州的芝加哥；到19世纪末，伊利诺伊州的瑞典人口已接近瑞典首都斯德哥尔摩的人口。大量移民的到来，令伊州可开拓的土地越来越少，一部分瑞典移民把目光转向西部。明尼苏达便利的水上交通和肥沃廉价的土地吸引了他们，当时整个明尼苏达领地只有6 000人。芝沙哥县成为瑞典人在明尼苏达开辟的第一块殖民地，连同附近的泰勒瀑布镇以及华盛顿县的斯堪的亚，经过不断的发展，这三块殖民地连在一起成为瑞典之外最大的瑞典人乡村地区，常常被称为美国的瑞典。瑞典人选择明尼苏达州作为移民的安居处，是因为当时的明尼苏达州正处于待开发时期，满足了他们对土地和工作的需求，当然也有自然环境因素；瑞典和明尼苏达州同处较高纬度的寒冷地区，森林和河流环境与北欧的环境相似。

十九世纪六七十年代美国内战和经济大萧条使得瑞典移民的脚步有所放缓，但之后又加快了速度，高峰期每年的瑞典移民高达4万。不仅移民人数暴增，还出现了新的特点，早期的瑞典移民是家族式移民，以投资农地为主。而后来的移民以年轻的单身男人为主，追随着亲戚朋友的足迹而来，大都直奔城市。"一战"前夕的1913年，共有28万瑞典人移民到美国各地。几乎每个瑞典家庭都有亲戚在美国，亲戚们发财的消息吸引着年轻人来到这里追逐发家致富的梦想。明尼苏达是他们重要的目的地，1905年，明尼苏达州瑞典移民达到12.6万，占明州整个斯堪的纳维亚半岛移民人数的61%。1920年，全州人口发展到240万，其中约50万是出生在欧洲的移民，瑞典移民占欧洲移民的23%。

20世纪两次世界大战对移民有很大影响，和其他欧洲移民一样，这个时期的瑞典移民显著减少。而在美国出生长大的瑞典裔美国人早已没有了瑞典的文化认同，他们完全融入了美国文化。也许宗教、职业、社区文化和价值观念更能使他们获得身份认同。1933年，明尼阿波利斯市南部一个北欧社区在附近的明尼哈哈公园举行了一场瑞典式的庆祝活动，活动日期选在传统的瑞典仲夏节进行，吸引了明州各地区数千瑞典裔人前来参加，成为年度盛事。1981年，瑞典仲夏节举行的庆典不仅有传统的瑞典歌舞表演，还请来了瑞典的乐队来为活动助威，最后选出了仲夏女王。这样的庆祝活动使瑞典裔的明尼苏达人意识到他们是有根可寻的，也有助于他们与自己的文化传统保持联系。但和亚裔或者非裔美国人不同的是，与源文化的联系对他们而言意义没有那么重大。近年来非裔美国人的寻根引发了其他族裔寻根的兴趣，但其实非裔寻根的深层意义是对尊严和平等的追求，这一点对于瑞典人的现状和未来并无多大意义，即便是寻根，也多出于兴趣。

小说家威尔姆·马博格根据早期瑞典移民卡尔·尼尔森和他的家族在明尼苏达芝沙哥湖畔艰苦创业建立家园的故事，创作了史实式小说，小说后来又两度被改编成电影。1965 年，在瑞典的瓦科思加——当年向外移民最多的地方，成立了"移民研究所"，专门研究瑞典的移民问题，还建立了瓦科思加博物馆，这个博物馆也逐渐成为瑞典裔美国人游览故国时的圣地。可以说，明尼苏达州和瑞典的频繁互动加深了人们对于瑞典人为明尼苏达州所做贡献的认识。

3. 明尼苏达州的挪威人

从 1825 到 1925 年的一百年间，有 85 万挪威人移民美国，其中落户明尼苏达州的人数最多，明尼苏达州成为挪威人的文化和人口中心。1905 年，出生在明尼苏达州的挪威人高达 11 万，占全美 26%，比第二、第三名的威斯康星州和北达科他州加起来还要多。20 世纪 50 年代明尼阿波利斯一位年长的挪威美国人曾骄傲地说："美国没有哪一个州像明尼苏达州这样拥有如此高比例的挪威人血统，我小时候在挪威时就知道这一点，我仍然记得当时一个同学说，'他们都去明尼苏达州啦'。"挪威人的绰号是"维京人"（Vikings），因此不难理解"维京人"成为 20 世纪后期明尼苏达州的一个重要象征，也成为明尼苏达州橄榄球队的名字。

19 世纪移民美国的各民族中，除了由于大饥荒造成的爱尔兰移民外，挪威人移民数量最大。和其他欧洲各国一样，19 世纪中叶挪威经历了人口剧增和经济巨变。挪威是以山地和森林为主的国家，可耕地少，农业和林业的工作机会不多。工业革命带来生产率的提高使得农业逐渐萧条，大量农业人口涌向城市，但城市的工作并不理想。1860 年发生的天灾人祸令怀有土地梦的挪威农民想到了移民，美国中西部的赠地政策和相似的气候对他们有着极大的诱惑。来到明尼苏达州以后，他们秉承传统的农耕方式和生活方式，建立教会，为挪威社会改革的积极参与者也自然而然地登上了明尼苏达州的政治舞台。

最早来到明尼苏达州的挪威人是在 19 世纪 50 年代从威斯康星州迁移而来的。挪威移民的消息在挪威掀起了美国热，传回挪威的信件中大都充满着对美国热情洋溢的赞美，比如广袤的土地、高薪和其他溢美之词。在 They chose Minnesota 一书中有一封信是这样介绍美国的："这里的土地太多了，地方有政府、学校、铁路。赠地政策十分优惠，你只需交纳 14 美元的注册费，就可以得到 160 英亩上好的耕地。他们以每英亩几毛钱的价格出售，售出的土地怎么用都可以。你买了地造个房子，开垦一下，每年住够 6 个月，连续住 5 年就可以出售了，在此期间免缴税费。"移民们买了土地之后，接着就是配置牛、马、大车、犁和其他农具。喜获丰收的移民们不断地把消息传回祖国："伙计们，如果老家的收成不好，出海捕鱼也挣不了几个钱的话，来明尼苏达攒点钱吧!"有一个打工者这样说:"我去年刚来这里的时候,以为自己会挨饿,有个美国人问我需不需要工作,我半信半疑地跟他走了,结果我工作有了,吃的有了。我现在给一个挪威农民干活,一天吃五顿饭,天啊!世界上最美味的食物,我都有点挑食了,哈哈!谁要是想移民的话,就给我写信吧!别担心旅途,啥事都没有,印第安人已经被赶跑了,扬基佬们对人好着呢!刚来的时候都想着回老家,你一旦成了美国人,就都不想回去啦!"

1852 年,来自威斯康星州的第一批挪威人沿着密西西比河来到明尼苏达州东南部,三十年之后这个地区的几个县已经发展成挪威人的聚集地,后来又发展到红河谷地区。挪威人不断地开疆拓土,到 20 世纪初,无论是在丘陵地带的东南部、光秃秃的红河谷平原还是西南部一望无际的大草原或湖区,都可以见到挪威人的身影。挪威人热爱农业,据芝加哥《斯堪的纳维亚人报》的前主编格里夫思德说,20 世纪初美国的挪威农民拥有 1 100 万英亩土地,价值 6.5 亿美元,其中 1/3 在明尼苏达州。挪威人对土地的热爱在第二代移民中得到了很好的继承,从事农业的第二代甚至超过了第一代。在各族群中挪威人是最稳定的农场主。1920年,65% 的挪威移民后代依然在农村生活。除农业外,挪威移民也从事伐木业和渔业,明尼苏达州北部的德卢斯也有不少挪威人的栖息地。

1890 年,明尼阿波利斯取代芝加哥成为挪威移民的主要目的地,成为世界第二大斯堪的纳维亚城。挪威人建教会、开银行、办学校,成为明尼苏达州各族群中的佼佼者;1914 年,明尼阿波利斯共有 24 家银行,其中 4 家由挪威人开办。26 个音乐组织中有 13 个由挪威人组建。100 家报纸和杂志，15 家由挪威人创办。
195 个教会，23 个由挪威人掌控。从 19 世纪中期到 20 世纪初期，
挪威裔美国人一直保持着自己的传统和文化。1914 年 5 月 17 日，
明尼苏达州的挪威人举办了标志挪威独立的宪法百年纪念庆典，
大约 50 000 名挪威裔移民参与了这次盛况空前的庆祝活动；游
行、音乐、放烟火、演讲，当瑞典裔的州长阿道夫·艾伯哈特用
挪威语背诵挪威的国歌歌词时，庆祝活动达到了高潮。但 1914
年也是一个分水岭，在此之后挪威文化传统逐渐失去活力。新的
挪威移民受过良好教育，比较容易适应美国的城市生活，加之老
一代移民的后代缺乏父辈对故国文化的感情和热情，对他们而言
英语更亲切更自然，因此到了第三、第四代移民，人与人之间更
多的是以职业、阶层或者区域（比如东海岸、中西部）来区别，
是否是挪威后裔早已不重要，他们都已是美国人。

六、明尼苏达州的意大利人

从 1880—1980 的一百年间，意大利是向外移民数量最多的国
家之一，大约有 2 500 万意大利人离开了故乡。最初他们的目的
地是北欧国家或者南美地区国家，从 1900 年开始移民潮转向美
国。在美国 600 万的意大利移民中，超过一半是 1900—1915 年来
到这个国家的。

在意大利，从 1861—1936 年，以农业和传统手工业为主的意
大利人口翻了一番，人均拥有的土地急剧减少，意大利新王朝的
政策更是加剧了南方农村的衰败，持续的旱灾、天花和霍乱加上

地主的剥削导致了这一时期巨量的移民。跟其他族裔一样，意大利人的移民也是源于这样几种原因：对机会的渴望、逃离迫害以及西方人普遍具有的冒险精神。当然，还有习惯于在欧洲游走的意大利匠人如雕塑家、音乐家、石匠、理发师等，也纷纷来到美国寻找机会。没有技术的意大利年轻男子，来到美国后像候鸟一样到处寻找工作机会，虽然在艰苦和肮脏的工作环境中每天只能赚 1.25 美元，薪酬低但比起家乡的每天两毛钱还是多了数倍。这样的"高薪"在家乡掀起了巨大反响，意大利南部整村整村的劳动力离开家乡前往美国。意大利是个历史悠久的国家，本身巨大的文化差异和语言差异使得他们的家乡观念十足，来到美国之后，他们依然习惯于数千人聚集在一起形成村镇，有复杂的社会关系、密切的人际关系和根深蒂固的传统，形成了意大利特色的居民区。

明尼苏达州的意大利移民相比其他族群人数来说不多，在 20 世纪初的移民大潮中，约有 10 000 名意大利人选择了明尼苏达州。在明州移民委员会或者铁路公司的移民招工对象中，意大利人不是很受欢迎，因此一些意大利人只好在城市郊区做些园艺；有些在双子城南部的小加拿大地区种植果蔬，拿到圣保罗城里或者就在路边摆摊售卖。在当时以农业为主的明尼苏达州，意大利族群显得势单力孤。

19 世纪中期，一些意大利的艺人和生意人来到明尼苏达州，他们很快靠兜售果蔬、糖果、冰激凌、雪茄等生意在几个城市落下脚，起初是推车售卖，后来有了摊位或者商店。1888 年，节俭又勤奋的意大利西西里人也加入进来，使意大利人在圣保罗经营的果蔬店达到了20家。艺人们则靠做传统的意大利手工艺品为生，1890年古利亚尼兄弟成立了圣保罗工艺品公司，后来发展成为美国中西部最重要的教会用工艺品制造商。双子城的马赛克、瓷砖、水磨石工艺品以及建筑物所用的工艺品几乎全部来自意大利匠人之手。另外，还有一些演奏竖琴和小提琴的街头演艺者，意大利南部城镇盛行铜管乐，因此在明尼苏达州很快就出现了专门为节日庆典游行、葬礼以及教会典礼演奏的仪仗队。意大利人对明尼苏达州的音乐文化产生了很大影响，比如，艾瑞克·三松创办了圣保罗交响乐团和音乐学院，弗兰西斯科创办了圣保罗音乐艺术学院，雷基创办了铁矿山交响乐团。

明尼苏达州早期的意大利移民多才多艺，遍布各行各业，有语言教授、雕塑家、音乐家、商人，当然也有农民。在以北欧国家移民为主的明尼苏达州，意大利人是少数族群，故也经受过长期的偏见和歧视，比如有一种根深蒂固的偏见是意大利罪犯多，意大利人还常常被认为是残忍的黑手党。好莱坞电影《教父》更是加深了人们对意大利人的这种印象。对这样的标签，意大利人似乎更多是保持沉默，事实上有些意大利餐馆甚至曾经使用过黑手党这样的主题来吸引顾客。意大利人的派性特征使得他们难以成为一个团结的族群，对意大利语言和文化的保护也缺乏相应的组织，因此到20世纪后期，意大利的历史文化和传统在这里已经消失殆尽，年轻的意大利后裔们完全成了美国人。

七、明尼苏达州的黑人

黑人曾经是美国最大的少数族裔，约占全美人口的12%，他们的民族文化特征非常突出，非洲和欧洲文化传统的融合在他们身上表现得很明显。尽管在融入这个国家的过程中经历了各种艰难，但多年来通过教会、媒体、社会组织和政治机构以及他们自身的努力，黑人在社会中完成了较好的融合，并且在各个领域对美国的发展起到了不可估量的作用。

美国黑人是唯一被迫以奴隶身份作为劳动力进入北美的族群。从1510年开始的大西洋奴隶贸易一直持续至19世纪末，在近400年的罪恶贸易中，有800万~1 000万的非洲人被当作商品卖到南美、加勒比地区和北美大陆。据估计，从1610—1808年的近二百年间，大约有35万黑人从非洲西海岸被运往北美英国殖民地。1808年，美国废除了奴隶贸易，但在美国内战爆发之前仍然有大约5万黑人被非法走私到美国南部各州。1861年南北战争爆发前美国黑人数量已达400万，战争结束后很多黑人从种族歧视和隔离依然严重的美国南部迁往东北部、中西部和西部寻找工作机会和政治上的自由。

在明尼苏达州，黑人最早的记录可以追溯到18世纪末，当时英国人仍然控制着明尼苏达地区的皮货贸易。有自由身份的黑人贸易商皮埃尔·邦加和他的儿子乔治·邦加在白人的皮货贸易领域闯出了一片天地。如今卡斯县的邦加市和邦加布鲁克市就是以这个家族的名字命名的。另一批黑人是1820年之后驻扎在思耐岭军事基地的军官们的奴隶。

1849年，明尼苏达州成为美国领地时只有40名自由黑人，他们大都来自弗吉尼亚和肯塔基，大部分男人识字。之后更多的自由黑人和逃跑的奴隶来到明尼苏达州，他们对工作既勤劳又专心，但当地政府担心密西西比河将成为黑人逃离南方的渠道，也担心他们的到来会冲击当地没有技术的白人的工作机会，更担心明尼苏达领地成为贫穷、病乱之地，因此将黑人排除在各级投票权利之外。直到 1860 年，明尼苏达州才开始就黑人投票权提案，要求保护逃亡奴隶，禁止将逃亡奴隶限制在监狱中。经过数年的努力，明州议会终于在 1868 年 3 月通过了修改州宪法的议案，给予 21 岁以上黑人男性、"文明的"印第安人和混血一族以投票权。明州成为全美少数几个给予黑人公民选举权的州，比美国《宪法》第 15 条修正案的通过早了两年。

城市始终是明尼苏达州黑人的主要居所。20 世纪初时，黑人的工作机会仍然很受限制，大部分男性在酒店做门童和行李搬运工，其餐厅服务员、厨师和行李搬运工几乎全部是黑人。后来随着铁路的发展，总部在圣保罗的铁路成为雇佣黑人的主力行业。1914 年 "一战" 的爆发对美国的劳动力产生了巨大影响，持续来自欧洲的移民中断了，而此时的美国又成为英法同盟国的主要武器供货商，北方的工业中心纷纷南下招工。据估计，1915—1920年，大约有 100 万黑人离开南方北上。1920 年，明州的黑人人数达到 8 800 人。

二十世纪五六十年代，美国爆发了黑人争取民权运动，对明尼苏达州黑人产生了影响。他们在 1968 年的劳动节也发起了反抗运动，对黑人的生活条件及就业薪酬的改善和提高起了一定作用。1969 年，明州议会废除了明尼苏达公立学校种族隔离的做法，彼时种族隔离已在圣保罗实行了 10 年之久。到了 1980 年，明尼苏达州的黑人数量超过了 5 万，社会地位也有了较大改善，州议会开始有了黑人议员，明尼苏达大学董事会也有了黑人成员。20世纪末至21世纪初，大批黑人从芝加哥、底特律等治安状况较差的大城市陆续来到明尼苏达州，至2010年黑人人口迅速增长到27.4万，30年间增加了5倍多。这些人中很多没有受过良好教育，没有多少技能，他们来到这里是想找一个安全的生存之地，找一份工作可以抚养孩子。但他们的到来也带来了一些问题，给明尼苏达州造成了一定的社会压力。

客观地说，如今的美国政府从法律层面的确做到了人人平等。黑人和白人享受同样的权利，但政治、经济和社会各领域的种族歧视依然存在，种族之间的障碍，在社会生活中难以消除。白人对黑人的歧视不是源于法律，那么法律自然也不能从根本上消除歧视。白人对黑人歧视的深层原因是"白人意识"。白人意识是以英国为主的文化早已沉淀下来的自我认同心理。这种歧视是建立在白人对黑人的第一印象和自身文化先进的基础上，而后续的历史似乎验证了白人对黑人的看法，更加重了这种歧视。美国的犯罪率在全世界最高，但在各种族中，黑人的占比最大。另外，黑人在美国的大学入学率又是最低的，这一现象又加深了种族歧视，因此黑人在社会活动中必然会受到不公平的待遇，尤其在工作和教育方面，而在工作和教育方面的失利，又加深了黑人犯罪的可能性和降低了黑人入学的概率，这样就形成了恶性循环。

种族歧视的意识是埋在心底的，改变种族歧视的现象是一个持续且漫长的过程。多年来社会的文明进程教会了白人政治正确，但政治正确也只能保证公共场合里没有种族歧视。因此，实现种族的完全平等任重而道远。

八、明尼苏达州的墨西哥人

在美国所有的拉美裔移民中，墨西哥裔移民人数最多，与美国渊源最深。墨西哥裔美国人在美国的生活已经有400年的历史，大多数墨西哥裔美国人是墨西哥原住民和以西班牙人为主的欧裔或者他们的混血后代。在1846年美墨战争爆发前的两百多年间，美国的西南部属于墨西哥。战争结束后，墨西哥三分之一的土地连同10万墨西哥人归属了美国。目前墨西哥裔美国人口超过3 000万，占拉美裔美国移民的60%，约占美国总人口的10%，主要分布在以加利佛尼亚州和德克萨斯州为主的美国西南部各州。

1924年之前，美墨两国之间还没有明显的边界线。美国西南部的铁路和矿山发展严重依靠墨西哥人的劳动力，1890—1900年共有56万墨西哥人来到美国寻找工作。1908年，圣塔非铁路和南太平洋铁路公司每天都要从边界的两边雇佣一千多名墨西哥人为之工作。"一战"之后美国劳工部放宽了对外国农工的限制，再加上1911—1917年墨西哥爆发了革命，大量的墨西哥人跨过国界逃往美国西南部和南部找工作。"一战"期间，北部城市对劳动力的需求使得工厂的工资高过农场，吸引了不少墨西哥人北上寻找工作机会。20世纪20年代，由于限制亚洲和东欧的移民，美国缺乏劳动力，不得不将移民的门开大一些。这10年间有60万墨西哥人进入美国得到居民身份，还有不计其数的非法移民。

墨西哥人在明尼苏达州的移民史晚于其他族群，20世纪初明尼苏达州只有二十几个墨西哥裔美国人。当时明尼苏达州的甜菜业正处于迅速发展时期，各种劳工中介不断地外出招揽工人。甜菜业的劳动力主要依赖德国和俄罗斯的移民，"一战"的影响加上20世纪20年代美国的配额移民法切断了这些劳动力的来源，墨西哥人的到来正好填补了这个空缺。仅1927年，就有大约5 000名墨西哥人来到明尼苏达州农村的甜菜地工作。明尼苏达糖业公司曾经是墨西哥人最大的雇主，1929年美国爆发的经济危机严重影响了该公司的业务，很多墨西哥人被迫离开农村的甜菜地涌入双子城寻找其他工作，但城里的就业机会也不多，加上很多墨西哥人只会讲西班牙语，生活极其艰难。

墨西哥人的英文普遍不好，但动手能力强，很多人从事房屋维护相关方面的蓝领工作，在餐饮行业也会常常看到墨西哥裔服务员、洗碗工忙碌的身影。墨西哥人大都朴实善良，性格温和，不声不响地工作。他们喜欢在休息的时候聚在一起喝喝啤酒，或者到公园去踢足球。他们喜欢孩子，秉承"多生多劳多快乐"的价值观，但总体不善于理财和缺乏长远规划，也缺乏努力融入美国文化的意愿。目前明尼苏达州的墨西哥裔美国人接近18万，成为明尼苏达州人数最多的少数族裔。一个多世纪以来，除了其他领域的劳务和贡献，勤劳的墨西哥人还用他们的双手在田里种植着蔬菜和水果。在21世纪的今天，墨西哥裔美国人的生活和观念也在发生着变化，他们开始关注选举和投票，反对教育和就业领域的歧视，争取和维护自己的权益。

九、明尼苏达州的越南人、老挝人、柬埔寨人和苗族人

在我的13名初级汉语班学生中，有4名越南裔和2名苗裔本地生，如此高的比例也激起了我的好奇心。其中有两位主动告诉我他们的父母是来自越南的难民，当年冒着生命危险漂洋过海来到明尼苏达州时还是二十岁出头的年轻人。

1975—1981年，明尼苏达州移民中最大的群体是来自东南亚的难民。其间，大约有150万难民逃离越南、老挝和柬埔寨，其中近45万人来到美国，在这45万难民中共有2万多人被明尼苏达州接纳，包括越南人、老挝人、柬埔寨人、华人、苗族人，还有一些来自老挝北部的少数民族。

1965—1975年，越南战争使得在越南、老挝和柬埔寨无法生存的农村人大量涌入本已拥挤不堪的城市，靠着美国的救济度日，美军只好雇用大量的当地人为他们工作。越南战争结束后，这些在当地为美国的军事和民事机构工作的人因害怕国内当政者的报复而逃到美国。苗族人当时为美国中央情报局在越南的秘密部队服务，所以尤其害怕成为报复的目标。1975年，在越南共产党即将攻下西贡时，他们中的一部分随美国军队一起撤退回美国，其余大部分逃往关岛和菲律宾。

1975年，在美军撤离越南前，美国政府已经在关岛和菲律宾为这些人做了相应的安置，并在美国的部分州实行了安置难民的措施。当时的福特总统调遣了全美12个联邦机构的代表来协调

难民安置问题。同年5月，国会通过了印度支那移民与难民协助法案，为难民拨款。首批抵美的13.5万人由10个志愿者机构协助寻找志愿者家庭来安置难民。联邦政府为每个志愿者机构提供一定数量的资金以解决难民的交通、食宿、医疗等问题。志愿者家庭通常负担难民的食宿直到他们能够独立生活，其中美国家庭占到志愿者家庭的一半以上。1975年以后，离开越南及周边地区的难民由联合国授权被安置在美国在东亚和东南亚盟国的临时住所。1978—1979年，每月都有6.5万人离开越南，但是印度尼西亚、马来西亚和泰国拒绝安置这些难民，甚至把他们搭乘的小船推回大海。在这种情况下美国同意将每月的接受人数从7 000增至14 000，其他六国也增加了接收额度。

1975年，明尼苏达州开始接收难民，并设立了特别委员会来管理难民安置事宜。参与难民安置的还有很多志愿组织，如路德教会、天主教慈善会和教会国际服务等，明尼苏达国际学院为难民提供英语课程、各方面信息以及心理辅导等服务。来到明尼苏达州的第一批难民有4 500人。两年后一部分难民离开明尼苏达州转移到难工作机会较多、气候偏暖的西部加利佛尼亚州、南部德克萨斯州和东部华盛顿特区，但同时很多老挝人、柬埔寨人，尤其是苗族人选择来到寒冷的明州首府圣保罗。1978年时，苗族人数达到1 000人。为了更有效地利用各方资源，1979年7月，明州各机构和志愿者组织组建了明尼苏达联盟，同时为双子城以外的六个地区建立了难民安置协调中心。1981年时，明尼苏达州的东南亚各国移民人数超过2万。明州成为全美东南亚移民人口的第六大州。

1. 越南移民

1975 年之前，明尼苏达州的越南裔人很少。大批的越南人是越南战争结束后作为难民被明尼苏达州接纳并安置。他们大部分是在军队服务过的工作人员、政府工作人员、外交服务人员和作家，也有一些工人和渔民。随着来到明州的难民越来越多，他们开始成立自己的组织，希望把大家团结在一起。1976 年，上百个越南家庭一起成立了"明尼苏达越南佛教协会"。除了宗教活动，协会也帮助新移民安家和找工作。除佛教组织外，越南人中也有天主教会和福音教会，以及一些社会团体，如"明州越南文化协会"和"美籍越南人友谊协会"等。其中，影响力较大的是成立于 1975 年的明尼苏达大学越南学生联谊会，到 1981 年已经发展到 420 名会员。他们创办杂志，提供与越南相关的信息，发表小说、诗歌和专栏，组织文化活动，帮助越南学生，甚至和中国留学生协会一起组织春节庆祝等活动。1980 年，美籍越南人胡恩被提名圣保罗人权事务部部长，成为越南人参与明州政治的一件大事。

2. 苗族移民

关于苗族的起源说法不一，但大部分资料显示早在公元前 5000—公元前 2000 年，苗族部落从西伯利亚或者蒙古向南迁徙进入中国，424 年，在中国西南的鄂湘桂一带建立了自己的王国，后来又继续南下进入贵州、四川和云南，在中国被称为苗族。18 世纪末 19 世纪初，部分苗族人向南进入越南北部及老挝，他们称自己为 Hmong①。苗族人通常生活在山区，把家建在山腰上，

———————

① Hmong，约 200 年前从中国的黔滇南部迁徙至老挝、越南、柬埔寨边界的苗族人。

靠种地为生，也养牲畜、打猎。苗语是汉藏语系中的苗—瑶族语，没有自己的文字体系。

"二战"期间，日本占领老挝，苗族人帮助老挝的反侵略武装对抗日本侵略者。"二战"结束后，由美国支持在老挝的部分地区成立了以王宝为首的老挝王国政权，而另外一支由巴特寮领导的军队占据了另一个地区成立了地方政府，在印度支那战争期间形成了两个对立派。20世纪60年代初巴特寮控制了大部分苗族人生活的地方，迫使他们逃往深山，苗族成年男性加入了游击队反抗巴特寮军。为对抗巴特寮和越盟，苗族人王宝成为美国中央情报局训练和支持的主要军事组织"特种部队"的领导人。1973年，美国从越南撤军。1975年，老挝人民革命党执掌政权后，和越南人民军一起击溃老挝特种部队。王宝及家属撤离老挝，移居美国，在美国的扶持下遥控潜逃至泰国的部队。随后，成千上万的老挝苗族人逃离老挝、前往泰国，形成巨大难民潮。没有逃出的苗族人大约有7 000人由于为美国政府服务而被杀。之后，根据联合国的协调，在泰国的苗族难民大部分被安置到美国。到达美国后，由于王宝的战争经历和其政治立场，他仍然在苗族难民和移民中享有较高的威信，被尊为苗人的领袖。

首批苗族人于1976年来到明尼苏达州，到1980年双子城的苗族人急增至10 000人，成为全美最大的苗族聚集区。1980年，王宝倡议在各地建立老挝各民族协会，明州原来的苗族协会更名为"老挝民族协会"。之前在老挝时，一部分苗族人已经在西方传教士的影响下皈依了基督教，来到明尼苏达州后又陆续有很多苗族人成为基督徒。20世纪80年代的苗族人非常关注东南亚的局势，一些人希望有朝一日能够回到自己的祖国——老挝。然而更多的人尤其是苗族移民的二代已经扎根美国，融入美国的多元文化中。

3. 老挝和柬埔寨移民

在东南亚的移民群体中除了越南人和苗族人外，还有一部分老挝人和柬埔寨人。明尼苏达州老挝人大约有 3 000 名，柬埔寨人大约有 2 000 名，大都集中在双子城南部的市郊生活。和大多数东南亚国家一样，老挝从 19 世纪末到 1953 年独立之前是法国的殖民地。1975 年，来到明尼苏达州的老挝人和柬埔寨人也是曾为在东南亚的美国政府机构服务而后逃离自己的国家。

东南亚部分国家难民的到来对明尼苏达州产生了深远影响。虽然在有些地区产生了一些种族关系问题，但总体来说，在明尼苏达州无论家庭还是教会抑或是服务机构，都对难民伸出了热情援手，帮助他们尽快安顿与适应新环境，很多白人甚至也会参加东南亚群体的新年庆祝活动。他们的到来给明尼苏达州的多元文化增添了色彩。和来自其他地区的移民一样，东南亚的移民在融入美国文化的同时也保留着自己的文化传统。为了更好地适应新生活，他们建立了自己的组织，互帮互助、共渡难关。

当然，相比其他亚裔群体，如华裔和印度裔群体，来自越南、老挝和柬埔寨的移民生活状况不容乐观，比如，在美国，贫困线以下的居民占人口总数的 12.4%，而越南人占 16.6%，老挝人占 18.5%，柬埔寨人占 29.3%，苗族人则高达 37.8%。东南亚各国移民的孩子高中毕业率相对较低，其中高中辍学率分别为：老挝人 38%，柬埔寨人 35%，而苗族人高达 40%。这种现象当然与东南亚移民群体主要来自越战后的难民有很大关系。

明尼苏达州华人的移民之路

相比东西两岸，地处内陆的明尼苏达州华人移民不算多。我在明州遇到的第一位中国人是和我校有着深厚渊源、来自广东的侯老师，她和我同龄，性格风风火火、快人快语，认识之后就时常相聚。侯老师在 2001 年工作交流之后便选择留在明州。从事过各种工作的她最终选择在一间社区学院做兼职中文教师，同时还给语言不通的华人病人做医院翻译。侯老师带我参加过几次华人团体组织的晚会，通过她的介绍，以及查阅资料，我对明尼苏达州的华人移民历程和现状有了进一步了解。

一、美国华人的移民历程

华人在美国的历史可以追溯到 19 世纪中叶。1848 年，加利福尼亚州发现金矿，吸引了世界各地的人们前来淘金。第一批华人移民就是在淘金热时来到了美国。当时中国正处于清朝统治晚期，积贫积弱，来自西方的侵略不断，国内叛乱四起，官场腐败，民不聊生。东南沿海地区的大批农民为了寻找活路纷纷逃到中国香港、澳门等地，东南亚各国以及北美和南美。1850—1882年，超过30万华人跨过太平洋来到加利佛尼亚州各地的金矿寻找机会。尤其是在建造横贯美国东西的太平洋铁路西段工程的建设中，铁路公司以低廉价格招募来的中国劳工用血汗和生命为代价，在极其艰苦恶劣的条件下出色地完成了建设任务。至今，在加州的铁路沿线还可以看到一个中文题字的金属牌匾，上书"加州铁路，南北贯通。华裔精神，血肉献功"。诚如招募华工的倡议者克罗克尔所说："这条铁路能及时完成，在很大程度上要归功于贫穷而受鄙视的中国劳工——归功于他们的忠诚和勤劳。"

这些早年的移民大部分定居在美国西海岸的加州，他们大多目不识丁，言语、饮食、衣着、行为方式迥异于白人，很自然地被界定为异类。华人作为一个群体开始成为被言语和行动攻击的对象，被谴责需为部分美国人的经济困境负责，一如早年的爱尔兰和意大利移民经历。尤其是在1873年美国发生经济萧条导致白人大量失业时，华人劳工成了替罪羊，被视为威胁。暴徒袭击华人社区，焚烧房屋，对华人实施私刑。数千华人离开歧视最严重的美国西岸，有的前往夏威夷或回国，有的前往美国内陆和东部。到1890年，全美各地都有了华人的身影。1882年，美国国会通过了《排华法案》，使得全美华人人口数量急剧下降，从1882年的10万人下降到1920年的6万人。

从淘金热开始到"二战"前来到美国和夏威夷的中国人大都来自中国东南沿海的广东和福建，其中80%以上集中于广东的几个地区，如恩平、开平、新会和台山，又以台山为最。广东人的传统观念是以家族为重，因此他们通常在家族中选出一个男性作为出国移民对象。被选中的男人一般在出国之前先结婚，把怀孕的妻子留在家乡照顾男人的父母和孩子，丈夫定期寄钱回家供养家人。一个家族对出国男人的期待是在外打拼几年赚钱之后回到家乡，但事实上由于战乱、岁月艰苦以及渐渐适应新的环境等因素，这些人中大部分没有能够回到家乡。

"二战"之后华人移民群体发生了变化，这个时期来美的华人更多的是政治难民、政府公务员家属、早期移民家属以及留学生，普遍有着良好的教育背景，他们的到来在很大程度上改变了华人的整体面貌。20 世纪 80 年代中国内地改革开放之后，中国官派访问学者和留学生日渐增多，许多留学生学成之后留在了美国。进入 21 世纪，越来越多的中国家庭将孩子送至美国留学。据统计，中国已经连续 8 年成为赴美留学生最多的生源国，每年的留学生人数达 10 万之多。而中国也成为继墨西哥之后美国第二大移民来源国，仅 2010—2016 年就有 55 万名中国人移民到美国。根据美国联邦人口普查局发布的最新亚太裔数据，亚裔总人口为 2 140 万，占美国总人口的 6.3%，华裔人数以 508 万排在第一位，印度裔 412 万排第二。中国移民人口最集中的三大都市圈——纽约、旧金山和洛杉矶，聚集了 44% 的华人移民。

二、明尼苏达州的华人移民之路

1875 年，第一位华人移民从加利福尼亚来到明尼苏达州，第二年又有四名华人陆续到来。他们很快在圣保罗和明尼阿波利斯各开办了一家洗衣店。以白人为主的当地居民对华人的到来充满了好奇，发现这几个长相迥异的亚洲人既节俭又勤劳。1876年5月，《圣保罗先驱报》的评论说："圣保罗人不能理解为什么加州人对中国人那么惧怕，在我们这里他们举止文明，从事体面的工作。为什么不给这些东方人机会呢？"几个月之后，中国人的形象再次得到了提升。一位中国学者在明尼阿波利斯音乐学院和圣保罗的剧院大厅发表了一系列关于中国社会生活和文化的演讲。这位中国先生被称为"优秀的演说家"。

1910年，明尼苏达州华人数量达到400，主要集中在明尼阿波利斯、圣保罗和德卢斯这三大城市。他们之所以选择来到美国中西部的腹地明尼苏达州定居，主要是因为这里的氛围比较开明，种族之间相对友好。安居下来后，他们逐渐开启了自己的小生意，比如洗衣房、餐馆、旅馆和杂货店。后来生意范围扩大到进出口贸易商行。1910年，双子城的华人餐馆共有16家，德卢斯有6家。从事这些生意，一来资金投入要求比较小，二来也避免了和当地人在劳动力方面的竞争，同时能为新移民提供少许就业机会。华人的小生意主要靠亲戚或同乡帮忙，开店初期没有利润可言。他们早出晚归，很少休息，由于语言和文化的巨大差异忍受着孤独和寂寞。他们的生意大都集中在大城市，虽然没有形成像纽约、旧金山那里的唐人街，但由于住得比较近，往来方便，也能及时互帮互助。

早期中国移民大都来自贫穷的农村地区，但经过一段时期的艰苦创业之后，明尼苏达州出现了一批富裕家庭，这些成功的创业者也自然成为早期的明州华人领袖，比如既有儒家风范，又有基督教信仰的吴先生。他强烈反对华人热衷的赌博以及其他非法活动，也常常在华人帮派之间作矛盾的调解人。吴先生每年举办春节宴会时都会邀请市长及各界名流，为华人融入白人社会做了不懈努力。

由于美国移民法的限制和跨越太平洋所需的高额费用，早期华人在美国大都以单身男性为主，没有正常的家庭生活。到20世纪20年代末情况才有所好转，在明州近千名华人中，华人女性达到了百人。华人人口的增加主要有这样几个原因：1924年的移民法案将具备一定数量进出口贸易的商人定义为国际贸易从业者，他们可以把家人从祖国带到美国。1927年，法庭还认定在美国出生的华人儿女及孙辈拥有派生公民资格。当然，这个过程中造假情况频频出现，一些具有美国公民身份或商人身份的华人利用法律实施过程中的漏洞注册虚假儿子或孙子，以便卖给没有这种身份的中国人从中获利。当然"二战"前的华人家庭生活依旧发展得比较缓慢，男人在海外娶妻不是一件容易的事。华人家庭中的母亲角色大都承受着孤独，她们大都没受过什么教育，传统守旧，也不会讲英语，有的甚至因为害怕女儿与其他族裔的孩子交朋友而不允许女儿参加课外活动。

自晚清开始，中国人就开始出洋留学。其中，最有名的留洋项目有由近代改良主义者容闳推动的"中国教育计划"、庚子赔款支持的赴美留学生和赴日留学生项目。1914年，全美共有中国留学生800多人。中国庚子赔款选拔资助的第一个留学生是潘文平，他来自上海，除了是一名学业优异的学生外，他还是一名运动员，是1913年菲律宾奥运会的金牌获得者。潘文平说服弟弟和另外两个中国留学生从美国其他大学转学到明尼苏达大学，还参加了明大篮球队。由于有基督教信仰的家庭背景，他们经常参与教堂举办的活动，还在基督教青年会发言，在一次教会活动中认识了本地华人黄柄及其家人。潘家兄弟很快与黄家成为朋友，黄先生甚至在自己的家里成立了中国留学生俱乐部。1919年，潘文平获得矿业工程的学士学位，并娶了黄先生的女儿。本打算在矿业领域历练几年之后回国，但由于中国不稳定的局势，回国之事最终没能成行。透过这样的交往，明尼苏达大学的中国留学生给双子城的华人社区带来了一些变化。

二十世纪二三十年代，每年都有几名中国留学生到明尼苏达大学学习。1936—1940年，共有63名中国学生入读明尼苏达大学，其中43名就读农学院，尤其以昆虫学系和植物病理学系为主。毕业后这些人一部分回到了中国，日后都成了中国战后农业重建项目中的领军人物。截至1953年，明尼苏达大学共授予366名中国学生学位。很多毕业生留在美国工作和生活，提高了在美华人的整体教育水平。

第二次世界大战期间，中国成为美国在太平洋战区的盟国。在美华人以各种方式支持盟军和支援中国抗战，积极参与前方战事和后方支援，这也是华人第一次大规模参与公共事务。双子城的一部分华人青年参军上了前线，而华商们为留在本地军事训练部门受训的青年人组织各种慰问活动，还给中国来的留学生提供各方面的援助。其中，最大的贡献来自双子城的华人紧急救助会，仅1941年一年，急救会就在一共只有400多名华人的双子城为中国民事救济和军事援助分别募集了4.5万美元和2万美元。

20世纪40年代美国移民法的修改引发了华人的移民潮。歧视华人的移民法由于"二战"期间中美之间的同盟关系令美国政府感到尴尬，来自明州的联邦众议员瓦特倾力推动美国国会废除《排华法案》，最终美国国会于1943年12月正式废止了该项法案。另外，国会还在1946年和1947年通过了促进家庭团聚的几项议案，大约8 000名中国女性得以进入美国。20世纪40年代末和50年代初，大量中国新移民涌入美国，包括早期移民的家属、留学生、各领域的专家、政治避难者等。中华人民共和国成立后，中国大陆来美人数骤减，但来自香港和台湾的中国人在持续增加。1965年通过的《移民法》是美国移民法的一个重要里程碑，其合理、宽松、开放的政策使得大量具有专业技术背景的华人得以在美国定居，另外家庭团聚的优先原则使得美籍华人得以与亲人团聚。华人在美国的人口开始稳步上升，20世纪70年代是中国香港人和台湾人来美的高峰期。1970年，明州华人人口达到2 400人，其中有近一半是出生在美国的第二代华人，还有400多名是在明尼苏达大学就读的华人学生。具有专业技术背景的华人在明州华人总人口中的比重高达30%，远高于18%的全国平均水平。

在中美邦交正常化的20世纪70年代末，中国大陆学者和学生陆续来到明州。1979—1980年，中国共派出30名访问学者来到明大，1980—1981年人数增加到了110名。1981年，来到明尼苏达大学留学的还有186名台湾学生和183名香港学生。从20世纪60年代开始，一批"二战"后华人移民的孩子也进入了明州各大学。60年代是美国反越战高涨时期，华人留学生群体的政治意识和民族意识也在加强。他们中的一部分人，和第二代日裔移民一起创立了"亚洲美国联盟"，对移民群体中的第二代移民其民族意识的加强起了重要作用。毕业后，部分成员组建了"明尼苏达亚美协会"（MAAP），目的是促进民权并为亚裔群体提供法律服务，以及积极参与立法活动。

三、明尼苏达州的华人组织

20世纪初，随着华人开始在美国各地聚居，帮会开始出现，有些属于同乡联谊性质，有些属于行业同仁互助，也有些属于黑社会势力。明尼苏达州的华人帮会，是19世纪中国南方流行的帮会模式，主要是保护其帮会成员免受同行的欺压。帮会一般有着家族性质，只不过到了美国更加简单，只要是同姓便可以加入。帮会在互帮互助、维系华人传统方面起了很大作用，但在双子城也出现过违法生意和帮派冲突，仅1924—1925年双子城地区就有九起帮会枪击事件。其中，来自台山的帮会老大王文，1908年来到明尼苏达州，从厨师做起，开过咖啡店，使他声名鹊起的是后来在明尼阿波利斯创办的大饭店。王文在明州华人社区的威望很高，常以武力帮助和保护帮会成员的生意。帮会之间由于各种原因引发的矛盾和冲突也常常要他协调解决。1940年，全美150名梁安帮帮会成员在明尼阿波利斯开会，这可谓是在美华人帮会的大事件。

另外，也有独立于各帮派之外的年轻人成为这个时期华人的领导者。华先生于1900年跟随全家从西雅图迁到中西部的芝加哥，1909年来到明尼苏达，1912年先后开办了广东烤肉店和咖啡店，在双子城的名声一直很好。为加强华人与其他族裔的融合，华先生加入"基督教青年会"（YMCA）、"拯救大军"（Salvation Army）和"扶伦国际"（Rotary Club）等宗教慈善机构并积极参与活动，尤其为新移民适应和融入社会提供了大量帮助。他还和朋友一起创办了双子城第一家华文报纸——《华文周报》。另一位早期华人领袖是生活在明州北部德卢斯市的秦先生。他出生在旧金山，从小被送回中国接受传统教育，15岁时回到父母生活的东部城市波士顿，入读文法学校。毕业后他在芝加哥开始了自己的创业生涯，1906年迁到德卢斯市，先后开了进出口商行和咖啡馆。由于中西方的教育背景，他成为明尼苏达州、北达科他州和艾奥瓦州的美国政府官方翻译。此外，由于他谙熟美国《移民法》，很多华人都要依靠他为自己在中国的亲属解决与移民相关的事宜，成为德卢斯华人的骄傲和榜样。

在二十世纪五六十年代，趋于多元化的双子城华人中出现了两个截然不同的群体：来自中国南方的商人群体和来自北方的知识分子群体。南方人更抱团，以帮会、教会和教育协会的形式聚集在一起，而北方人更趋于在自己的小圈子中活动。华人领袖对这种现象感到担忧，希望建立更大的组织把北方人、南方人，或者说是把学生、知识分子和商人团结在一起，于是在1968年成立了"明尼苏达华人美国协会"。协会开展的活动包括举办春节宴会、为本地华人大学生提供奖学金、出版通讯等。1970年，协会在明尼阿波利斯市组织了一次盛大的华人节日庆典，主题为"东方之海"。活动期间，尼古拉特大道的华人商店橱窗全部用中国艺术和工艺品装扮起来，举行了巡游、狮子舞表演、武术、剑术等中国传统表演。这次庆典最终还是没能把知识分子群体和商人群体很好地融合起来。1970年的华人小姐选美活动更是令这两个团体分道扬镳，商人看到的是活动中巨大的商业利益，而知识分子对此很反感，最后在参与者必须尊重家长意见的前提下同意了在明州华人中举办这项活动。夺冠的沈小姐代表明州参加了全美华人小姐大赛，并在决赛中夺得冠军。赛后华商退出"明尼苏达华人美国协会"，成立了"华商协会"。

明尼苏达最早的华人教会是1882年在西敏寺教堂成立的"华人星期天礼拜学校"，"二战"后这里成为明州华人群体联系其他族群重要的纽带，并成为新移民的社交中心和宗教中心。还有一个是福满基督教会，除了宗教活动外，教会也举办研讨会、出版华文通讯以及开办语言学习班。明州台湾协会成立于1966年，旨在以社会和文化活动将台湾人团结在一起，到1981年已经成为全美最大的台湾协会。开展的活动包括专题讨论会、体育运动会、春节晚会、中秋晚会和圣诞节，每次参加的人数多达200人。1974年成立的台湾教育基金会是教育慈善组织，资助过的学生多达400人。明尼苏达大学的中国留学生也很活跃，其中最活跃的组织就是成立于1914年的"中国留学生协会"，在中华人民共和国成立后，发展成为离开大陆去台湾的以北方人为主的学生阵地。香港学生联谊会成立于20世纪60年代，虽有不同政见，但总体支持中华人民共和国。而1980年成立的台湾留学生联谊会和明州台湾协会联系更加紧密。全美美籍华人协会的明州分会成立于1978年，为美籍华人提供机会组织举办与新中国密切相关的文化活动，如电影、讲座和社会活动。

四、华人融入白人文化的进程及生活现状

在适应当地主流文化方面，明尼苏达州的华人群体存在着个人差异，在语言、婚俗和葬礼习惯方面也是千差万别。比起讲普通话的知识分子群体的北方人，从商的广东移民更注重对母语的保护。19 世纪末 20 世纪初，因为父母和祖父母不会讲英文，那些早期移民的孩子大都在家讲母语在外讲英语，到了第二、第三代移民，会听母语但不会讲的情况则比较常见。广东移民子女的婚姻多数是按照父母意愿在同乡之间选择配偶，而知识分子群体观念更开放。在丧葬方面，华人的传统是落叶归根，死后要将骨灰运回中国的老家与祖先葬在一起，当然只有富裕家庭才有这样的能力。20 世纪 30 年代日本侵略中国，华人被迫中断了这一做法，改为由华人组织派专人管理看护，但年青一代无人愿意承担这样的工作，大部分人就选择在 5 月 29 日的阵亡将士纪念日这一天祭奠先辈。在明尼阿波利斯的湖林墓地华人区，时至今日仍可看到烧香的做法。

早期的华人遭遇过明显的歧视。比如，曾经在长达三年的时间里，华人基督教会常常遭到当地个别居民的破坏，在华人进行礼拜时用石头砸窗户，损坏华人会员停在户外的汽车等。双子城的住房市场也存在对华人的明显歧视现象，20 世纪 60 年代的华人即便有钱也无法买到市郊的房子。就读小学的华人孩子也常常被责骂，中学生和大学生在约会、恋爱方面屡遭歧视和挫折，导致自信心明显不足。

在20世纪70年代之前，美籍华人关注更多的是中国大陆与台湾的关系以及美国的对台政策。美国总统尼克松在1972年的访华以及中美外交关系的改善给倾向于台湾的华人带来了冲击，而给倾向于大陆的华人带来了重返故土探望亲人的希望。在20世纪60年代的美国，第二代华人参与了反越战运动、民权运动，一些人还加入了政治党派。20世纪70年代的明州华人群体更加积极地参与政治，比如支持明州政治家休伯特·汉弗莱参选美国联邦参议员，汉弗莱因为致力于解决移民问题而一直被认为是明州华人的朋友。1965—1969年，休伯特·汉弗莱出任第38任美国副总统，1968年代表民主党角逐美国总统。为了纪念休伯特·汉弗莱，明尼苏达大学1978年成立了休伯特·汉弗莱公共事务学院，而华商会对该学院的成立起了相当大的作用。

中国自改革开放之后，内地赴美留学、探亲人数逐渐增多，在20世纪90年代形成大陆民众赴美的高潮，这些人被称为新移民，以区别以前来自广东、香港的老侨和台湾移民。新移民人数约占华裔总人口的60%，台湾移民占16%，香港移民占10%，来自东南亚各国的华人血统移民占14%。在华人移民中，高达70%的人在美国以外出生，主要来自中国大陆、台湾和香港。1990年，明州华人人数达到9 000。2003年，明尼苏达大学有1 300名中国大陆学生、学者，近百名来自中国台湾和香港的华人学生，这使明大成为当时北美地区拥有华人学生和学者最多的校园。如今，明州的华人数量已接近4万，而中国也成为明州国际留学生的最大来源国，在明尼苏达大学的5万多名学生中，有5 000多名留学生来自中国。

尽管华人数量在明尼苏达州持续稳定上升，中国学生数量在明州各大学中也占据明显的高比例，但相比于其他亚裔移民，华人在明州的政治、经济和文化生活中还未占据一席之地。无论是二十世纪七八十年代来自中国台湾、香港的高科技人才、工商业主移民及其二代，还是八九十年代来自中国大陆的留学生定居移民，虽然他们在明尼苏达州安居乐业，经济状况和受教育程度在各移民群体中相对较高，但总体来说参与本地政治和文化生活不够积极。究其原因，一方面是明尼苏达本土斯堪的纳维亚裔和日耳曼裔居民整体稳固的政治壁垒排他，另一方面也是华人历经苦难，偏安北美一隅，只求平安生活的心态和传统文化观念使然。

明尼苏达州少数族裔的困境

一、明尼苏达州种族问题的今与昔

美国是一个由一百多个民族组成的混合体。每一个民族都是美国多元民族群体中的一个组成部分，每个民族在美国的历史都充满了斗争和变化，胜利和失败，也都经历了被歧视和被同化。但不可否认的是，整体而言美国的主流社会依然以欧洲白人文化尤其以 WASP（白人、英国盎格鲁—撒克逊、新教）文化和价值观为主流。由于历史的原因，位于中西部的明尼苏达州欧裔白人占全州人口的85%以上，这个比例远远高于全美白人在总人口中的比例，因此，白人文化和白人意识在明尼苏达州更加突出和明显。

明尼苏达州一向以友善的居民、干净的街道、开明的政治氛围和颇具创意的慈善事业闻名于美国。从 20 世纪后期开始，大量的非白人移民选择来到明尼苏达州，除了对工作机会的考虑之外，也是因为这里没有明显公开的对少数族裔的敌意。但 1995 年发生的一起谋杀案，使得人们开始重新思考这个问题：在明尼阿波利斯的一家超市停车场，一个叫安妮的白人女孩被发现死在她的汽车后备厢中。这是一位居住在市郊且年轻漂亮的成功女性，而在此之前明尼阿波利斯发生的凶杀案的受害者往往都是居住在高犯罪率居民区的黑肤或棕肤穷人。安妮的死引起了媒体的极大关注，报道的语气开始不同，尤其是主持人问现场记者："相比以往的谋杀案这次为什么引起如此之大的反响呢？"记者说道："这次的受害者是和我们一样的人。"这个事件的媒体报道反映出明尼苏达州根深蒂固的种族观念。

事实上，如果分析一下少数族裔无辜被伤被杀的案例，即可看出明尼苏达州在种族歧视方面存在的严重问题。2003年，明尼苏达州警察局"黑帮打击部"的卧底警察，越南裔的Duy Ngo在执行任务时被值班的白人警察查尔斯违规开枪，身体多处中弹，重伤致残。随后的调查结果让Duy Ngo欲哭无泪，他提起诉讼，将"黑帮打击部"告上了法庭。2007年，Duy Ngo终于胜诉，并获得450万美元的赔偿，但已终生残废的他不堪忍受病痛的折磨于2010年选择自杀。2006年，手无寸铁的苗裔少年Fong Lee被明尼阿波利斯警察射杀。2014年，非裔男子Chris Lollie在圣保罗的天桥上无辜被警察用泰瑟枪电击。还有数不胜数的少数族裔被警察无故拦住查车、查证。

其实种族问题在过去的历史中一直存在于明尼苏达州的发展历程之中；比如早在十九世纪四五十年代白人移民初到明尼苏达州时，其最大的诉求就是土地，由于政府不遵守与印第安人所签协议导致1862年印第安人暴动。1858年，明尼苏达地区的扬基佬们（来自新英格兰的美国人）将一幅圣帕特里克①的肖像做绞死状而引发了爱尔兰裔人的暴动。1863年，逃离密苏里州奴隶制

① 圣帕特里克是爱尔兰天主教主保圣人。

的几个黑人家庭乘船来到明尼苏达州，遭到当地码头一些白人的威胁，迫使他们另择码头上岸。明尼苏达州北部矿区的伐木业和矿业的白人巨头们面对日渐增加的劳工纠纷，特别害怕有社会主义倾向的芬兰移民。1910年，为了拒绝17个芬兰人加入美国国籍，他们用可笑的优生伪科学及从人类学的角度来证明芬兰人其实是亚洲的蒙古族人，而根据当时的《排华法案》，华人（包括蒙古族人）是不能加入美国国籍的。臭名昭著的极端种族组织三K党在20世纪20年代来到明尼苏达州，成员最多时发展到几百名。1920年，德卢斯市三个马戏团黑人工作人员由于被怀疑强奸白人女孩而被私刑处死。

在各种族中，由于历史的原因黑人的现状更加不容乐观，从地方媒体和全国媒体公布的数据可以直观地感受到白人与黑人在收入、健康状况、教育状况以及其他领域的差距。令人遗憾的是，多年来明尼苏达州是差距最大的州之一。这让人难以置信，一个以友善、开明闻名的地方何以对黑人如此不友善？

19世纪中叶美国南北战争后的重建时代和20世纪60年代的黑人民权运动似乎与明州无甚关联。从1915年到1970年，数百万非裔美国人离开种族隔离盛行的南方迁移到北部和中西部城市。在纷乱的二十世纪五六十年代，开明的明州人支持民权运动的情绪高涨，但问题是在社会问题上道德站队很容易，自己身体力行却是另一回事。指责其他地方侵犯人权是一回事，在自己的后院发生的侵犯人权却往往容易忽略。现在的明尼苏达人对过去发生的严重种族歧视现象感到震惊，比如当听说19世纪20年代至50年代在思耐岭军事基地存在着奴隶制，50年代在双子城的餐馆和旅馆黑人被拒绝服务，他们觉得不可思议，难以置信。其实当时的种族歧视在全国各地并无多大区别，白色的明尼苏达州也是白色美国的一部分，只是这里没有发生过白人和黑人之间一代又一代的相互仇恨和暴力对抗。

二十世纪五六十年代那些逃离南部来到明尼苏达州的非裔美国人大都觉得明尼苏达州空气新鲜，没有那么明显公开的歧视和仇恨，是一个可以通过努力工作再加一点小小的运气就可以生存的地方。当时明尼苏达州对少数族群开明的政治氛围主要源于当时以休伯特·汉弗莱（1965—1969 年任美国副总统）为首的明尼苏达政治活动家们的努力，以及明尼苏达著名企业如 3M、通用磨坊、卡基尔等的领袖们为工作机会均等所做出的努力，这种氛围和举措使得当时那些受过教育和培训的黑人有机会成为公司一员甚至成为经理。但是当 20 世纪末 21 世纪初大批黑人移民从犯罪率较高的中部和东部城市来到明尼苏达州时，情况便不一样了。这些人中大多数都没有受过良好教育，没有多少技能，他们来到这里是想找一个安全的生存之地，找一份工作可以抚养孩子，可以不用整天担忧子弹落到自己身上。1980 年，明州的黑人人口数量为 5.3 万，到 2010 年增长到 27.4 万，30 年间增长了 5 倍多。他们逃离了不太安全的芝加哥、底特律、克利夫兰，但也把这些地方的一些问题带到了明尼苏达州。他们的到来令很多明尼苏达人感到不安，有些甚至感到愤怒和恐惧，害怕他们的到来会让明尼苏达州的社会福利无以为继，甚至害怕犯罪率升高。

二、明尼苏达州种族歧视的表现形式

总体来说，和南部各州完全公开的种族歧视相比，明尼苏达州的种族歧视更多的是微妙的、是藏在心里的，但这种深入内心的歧视更难以消除和应对。比如，嫁入白人家的苗族女作家 Kao Kalia Yang 在她的书中写到，虽然在她的白人先生及家人那里得到了完全平等的待遇，但在公共场合依然会遭遇来自白人的歧视，内心的愤怒无处诉说。

大卫·卢玛（David Ruma）是一名日裔美国人，在明尼苏达州生活了四十年之久，出版了四本诗集，有几本还获得了国家级别的奖项，曾受邀为美国历史最悠久的周刊 The Nation 杂志社出版的选集 In These States 撰写关于明尼苏达州的一章。他还写过一部回忆录、一部小说和一部文学批评。遗憾的是，卢玛所有的著作从未出现在双子城的书架上，也就是说，尽管被授予过国家级奖项，但明尼苏达州的图书奖项从未考虑过他的著作。

20 世纪 90 年代风靡一时的百老汇著名音乐剧——《西贡小姐》，其背后展现的是美国社会对亚裔女性的偏见：有异国情调、可以轻易得到的性对象。90 年代《西贡小姐》在双子城初次上演时，大卫·卢玛就组织了一些文化界人士上街抗议。一代人已经过去了，《西贡小姐》仍在双子城的剧院上演，可见在明尼苏达州，对亚裔美国人的看法依旧如此，在白人眼里这些人依然是外国人。

1992 年，卢玛和当地几位亚裔艺术家成立了亚洲文化复兴会，并建立了亚洲表演艺术中心，后来双子城成为全美亚裔艺术和艺术家的中心。他们之所以坚持做这些，是因为这里的少数族裔艺术家被挡在主流艺术之外而得不到认可，他们并没有把艺术当作避难所，或者把艺术与政治、种族议题分离，而是厌倦了这种现状，只是想在明尼苏达州这个以白人为主的社会中唤醒对少数族裔的尊重和认可。少数族裔只有团结合作，而不是单打独斗才能取得更大成效，才能使白人摒弃对少数族裔的成见和对少数族裔历史与文化艺术的视而不见。

2015年，大卫·卢玛参加了一个论坛，主题是关于明尼苏达州在教育、健康、就业等领域所存在的种族差异问题。与会者认为，从政治上来看，明尼苏达州是自由州，不像美国南方那样存在公开的歧视言论，但这里黑人和白人之间的收入差距比南方曾经是蓄奴州的密西西比州还要大。他们认为，南方的白人都了解一个事实，即黑人在南方生活的时间和白人一样长；他们的历史是交织的，种族问题是大问题。而明尼苏达州的白人不同，他们不喜欢矛盾或冲突，也低估了种族问题的严重性，认为明尼苏达州不存在这样的问题；他们认为只有出现了种族议题才会出现种族问题，避免冲突的方式就是不去谈种族。明尼苏达州的白人认为自己很友善，是否发自内心的友善他们不会去想，也不愿意去想。

大卫·卢玛的混血儿子有过这样的经历：有一次他和八个白人孩子以及一个少数族裔孩子玩耍，在违法喝酒的时候警察来了（在明州21岁之前喝酒是违法行为），其中一个警察指着卢玛的儿子和那个少数族裔孩子对白人孩子说："你们怎么和他们一起混?"另一次是卢玛的儿子在黑人孩子的聚会上，警察来了之后就对黑人孩子搜身，让几个白人孩子和卢玛的儿子离开时警察说了同样的话："你们怎么和他们一起混?"显然，明尼苏达州的警察作为明尼苏达的一个社会群体，如此明确地把不同族群做了区分。

对于生活在明尼苏达州的少数族裔来说，他们要面对来自社会因素、社交媒体、工作环境、学术界甚至冬季漫长雪季的白色压抑。拉美裔作家洛至高身处这样的白色环境，感受颇深。从少年时期他就曾经被百货商店的保安跟踪，被警察骚扰，就因为生活在那个社区，深棕色皮肤令人起疑。同事喊错名字就因为在他们看来，棕色皮肤的人长相区别小，各种歧视、蔑视性质的绰号数不胜数。如果说在成人世界里，外在形式过于明显的公然歧视并非常见，但儿童的世界是直观的，甚至充满了言语暴力。这给成长中处于敏感时期的少数族裔孩子带来的是终生难以抹去的记忆和伤害，大多数孩子默默忍受，把伤痛藏在心里，有些倔强的孩子用拳头来反击。种族主义与权力息息相关，有权力的人制定规则，显而易见少数族裔不是制定规则的人。但没有抗争就永无变化，拉美裔作家洛至高因此成立了"种族正义之声"。当三个白人学生带着种族歧视投诉少数族裔的教师时，当对成立拉美裔研究学系的呼声置若罔闻时，如果不去发声，不去抗争，等待这个群体的永远是被边缘化。

三、明尼苏达州的"白色"属性

诚然，20世纪60年代黑人争取民权运动之后的种族问题已经得到了一定程度的解决，至少他们从法律层面得到了尊重和平等，但无奈的现实是，少数族裔仍然是这个社会中的边缘人和外来人。有些少数族裔甚至被认为天生就是罪犯。看看明尼苏达州警察的所作所为就知道这就是美国社会，这就是明尼苏达州的社会现实。

　　总体来说，以白人为主的明尼苏达人是友善的，这种友善表现在他们对每个人都温文有礼、乐于助人和热情周到，他们对"Mennisota nice"这样的口碑也甚为自豪。人们有高度的公民意识，社会气氛宽容。这里让人感受到明尼苏达人比较含蓄，喜欢一团和气，不喜欢言语冲撞导致的不愉快，不喜欢过于标新立异。在这里，一方有难八方支援，人们乐于伸出援手，他们的友谊之手不仅伸向深陷灾难的欧洲人，也伸向亚洲人和非洲人。但问题是一旦灾难过去或难民被妥善安置下来，他们往往马上退回、封闭到自己的生活中，再难见到他们的身影。他们认为自然灾害诸如暴风雪、水灾、火灾等，这些不是个人的错，大家要互相帮助，但个人的问题诸如精神健康、婚姻问题或者亲子关系问题等，与他人无关，个人的生活各自承担、各自解决。他们的逻辑和价值观是：我们帮你安置下来，剩下的事情就是你自己要尽快地融入这里的生活。如果几年之后仍然不能适应，他们就会认为你的存在将给社会带来问题。

　　对外来族裔的真正友善是对他们有所了解，帮他们所需，但白人群体似乎并不想去了解欧洲以外的任何族群。对原住民如此，对拉美人如此，对亚洲人、非洲人同样如此。想一想20世纪80年代来到美国的那些苗族难民，苗族成年男子在越战中站

下篇　明尼苏达州的今与昔 ｜ 201

在了美国军队一方，为他们服务，所以才被迫离开家园成为这里的难民，当然他们的故事感动了很多美国人，美国政府也因此得以动员国民，很多美国人为安置这些难民做了很多工作。但是之后的故事就似乎就不那么暖心了。新移民对这块接纳自己的土地充满了感激，渴望了解这里的故事，摸索着去适应这里的一切。可是有些东西实在太难适应了，不管你多么愤怒，多么委屈，就因为你这个民族的过去，你就得适应现在的处境。生活本身就是不公平的，没人关心你的历史。在白人群体眼中，公开表达自己的愤怒是弱者的表现。

少数族裔要成为明尼苏达人，就要自强自立。当然所有的文化都崇尚自强自立这样的价值观，只是明尼苏达的白人们将此价值观发挥到了极致。一个叫巴德的机械师，在明尼阿波利斯南部社区拥有一家汽车修理部，他见证了在过去的几十年间，这里是怎样从一个以白人中产阶层为主的社区逐渐变成一个以工人阶层和少数族裔聚集的地方。在白人的意识里，这样的地方最好别去。巴德是一个典型的明尼苏达白人，既看不起少数族裔，又在他们需要的时候给予援手；既在言语上让人不愉快，又在生意上绝不占他们的便宜，甚至很慷慨。

时代在变迁，美国的白人人口从建国之时的90%以上已经降至目前的不足70%，少数族裔人口比例在增加，尤其是拉美裔美国人，目前已超过非裔人口约占总人口的16%。进入21世纪后，墨西哥已成为美国第一大移民来源国，中国、印度紧随其后。30年之后也许少数族裔会变成美国社会的主体。当然在明尼苏达，欧裔白人占人口比例的85%以上，多年后也许依然是这里的主体，但少数族裔尤其是拉美裔将会大大增加。20世纪末，明尼苏达州接纳了大量索马里难民，他们的到来使得信奉伊斯兰教的人口在2000年时超过犹太教，成为明尼苏达州第二大宗教。在未来的明尼苏达社会，少数族裔的概念将会产生变化，多元文化特征将会更加突出。

在美国各民族中不乏在各领域凭着自己的聪明才智和努力取得成就的专业人士，如作家、诗人、社会活动家、律师、教授、政府官员、影视界明星和体育明星等，主流社会对于凭着自己的聪明才智和勤奋取得成功的人士普遍给予认可和尊重，但这并不能消除主流社会对少数族裔的成功人士所代表的不同族群源自心底的偏见或歧视。主流社会需要倾听其他人的故事，了解、尊重和帮助他人，当然更重要的是每个族群要通过自身不懈的努力逐渐改变来自社会的偏见。

用苗族女作家Kao Kalia Yang一篇文章的题目作为本篇的总结吧，对于少数族群来说，明尼苏达州是"爱的阳光普照之下有阴影"。

参考文献

[1] The encyclopedia of Minnesota [M]. New York: Somerset publishers, 1997.

[2] ANDERSON C G. Growing up in Minnesota [M]. Minnea polis: University of Minnesota Press, 1976.

[3] BALMER F E. Minnesota history— "The farmer and Minnesota history" [J] . 1926 (7).

[4] BLEGEN T C. Building Minnesota [M]. Boston: Heath and Company, 1938.

[5] CHRISLOCK, Carl H. The progressive era in Minnesota, 1899 – 1918 [M]. St. Paul: Minnesota Historical Society Press, 1976.

[6] FULLER S G. Chinese in Minnesota [M]. St. Paul: Minnesota Historical Society Press, 2004.

[7] HAZARD E B. The mammals of Minnesota [M]. Minnea polis: University of Minnesota Press, 1982.

[8] HOLMQUIST J D. They chose Minnesota [M]. St. Paul: Minnesota Historical Society Press, 1981.

［9］LASS W E. Minnesota—a history ［M］. New York：W. W. Norton & Company. 1983.

［10］LYNCH L. Amazing Minnesota ［M］. Edina：Beaver's Pond Press. 2017.

［11］SCHULTZ D. The great sioux uprising of 1862 ［M］. New York：St. Marin's Press. 1992.

［12］SHIN S Y. A good time for the truth——race in Minnesota ［M］. St. Paul：Minnesota Historical Society Press，2016.

［13］YANG K K. The late home comer ［M］. Minneapolis：Coffee House Press，2008.

［14］加里·阿尔滕，詹尼特·班尼特. 理解美国——美国文化指南 ［M］. 曹菁，王颖，译. 北京：北京大学出版社，2012.

［15］林立树. 美国文化史 ［M］. 北京：中央编译出版社，2014.

［16］林泽成. 美国常识 ［M］. 北京：新世界出版社，2013.

［17］卢瑟·S. 路德克. 构建美国：美国的社会与文化 ［M］. 王波，王一多，等译. 南京：江苏人民出版社，2006.

［18］王建平. 美国社会与文化 ［M］. 北京：中国人民大学出版社，2012.

［19］王云. 英美社会与文化 ［M］. 上海：上海交通大学出版社，2016.

［20］杨卫东，戴卫平. 美国社会与文化研究 ［M］. 广州：世界图书出版公司，2014.

［21］周静琼. 当代美国概况［M］. 上海：上海外语教育出版社，2003.

［22］周毅. 美国人及其文化［M］. 成都：四川大学出版社，2010.

［23］http：//baike. sogou. com.

［24］http：//baike. baidu. com.

［25］http：//www. chinaconsulatechicago. org.

［26］http：//www. epochtimes. com/gb/.

后 记

　　成书之后，惊闻两校多年的合作出现了波折。所幸这本书记录了我在明尼苏达州的切身经历和感受，成为对两校合作最具价值的见证。让我倍感欣慰的是，阿诺卡·拉姆西社区学院每位来我校访学、任教的学者都对中国、对我们的同事和学生留有十分美好的印象，有的不止来过一次，有的计划几年之后以私人名义再来探访老朋友。而这些年来，我们每一位在明尼苏达州交流、工作过的老师也都对明尼苏达州、对阿诺卡·拉姆西社区学院心生欢喜、印象深刻，对 Patty Pieper、Rita Newton、Blayn Lemke、Dale and Sandra、Peggy、Godwin 等同事以及他们的家人对我们无私的帮助和关怀心怀感恩，对我们之间的深厚友谊感到由衷的高兴。

　　经过了数月的修改，书稿的小样静伏案头，一丝惆怅悄然袭来，沉甸甸的书，沉甸甸的心情……

王　云

2019 年 10 月 6 日